光文社文庫

長編推理小説

十津川警部
長野新幹線の奇妙な犯罪

西村京太郎

光　文　社

目次

第一章　二つの誘拐

1

　その豪邸のある場所は世田谷区成城だった。邸の主は、宇垣新太郎、六十歳である。ベンチャービジネスを大きくし、成功を収めた人間の一人だといわれている。

　五年前に病気で妻を失い、その一年後に、二十八歳年下の女性を、後妻に迎えた。

　その後妻の名前は、恵である。

　五月十日、彼女が、誘拐された。

　犯人からは、五月十日の午後に、一回目の電話がかかってきていて、明日十一日の午前十時に、もう一度、連絡するといったまま、二回目の電話は、まだかかってきていない。

夜になってから、十津川たち、警視庁捜査一課の面々は、バラバラに宇垣邸に入っていった。

その時、家にいたのは、宇垣新太郎本人と、秘書の安田秀雄、三十六歳、誘拐された恵の弟、林淳一、二十九歳の三人である。

ほかに、普段であれば、お手伝いの女性と運転手の男性がいるのだが、この二人には理由をつけて、今日は帰ってもらっている。だから、この二人は、妻の誘拐については、何も知らないはずだと、宇垣が、十津川に、説明した。

「犯人は、明日五月十一日の午前十時に、もう一度、電話をすると、いったんですね？」

十津川が、念を押した。

「その通りです」

「身代金の金額は、すでに犯人のほうから提示されているんですか？」

「現金で二十億円を、要求されています」

宇垣が、いう。

「二十億円ですか。それはまた、ずいぶんな金額ですね」

十津川が、ビックリした顔で、いうと、宇垣が、

「私は、家内のためなら、二十億円はおろか、五十億円でも百億円でも、払うつもりでいます。彼女が無事に帰ってくるなら、安いものですよ」

「二十億円を、すぐに、現金で用意できるんですか？」

「ええ、それぐらいでしたら、何とか、できます。明日、銀行が開いたらすぐ、こちらに現金で、二十億円を、持ってきてもらうことになっています」

と、宇垣が、いった。

「それでは、今日起きたことを、詳しく話して、いただけませんか？」

十津川が、頼んだ。

2

秘書の安田が、コーヒーを淹れて、運んできた。

宇垣は、それを、一口飲んでから、

「今日、私は、会社には行きませんでした。新しい仕事が、ようやく軌道に乗って、社長の私が、顔を出さなくても、うまくいっていたからです」

「社長の宇垣さんが、会社に行かないということは、よくあるんですか？」

「今もいったように、新しい仕事が、軌道に乗るまでは、もちろん、毎日、会社に必ず顔を出して、社員たちを叱咤激励しますけどね、軌道に乗った場合は、社長の私が、会社に、あまり顔を出さないほうがいいのです。社員は、伸び伸びとできるし、仕事がうまく運ぶんですよ。そういう時には、私は家にいて、万一に備えています。もし、何か問題があれば、秘書の安田が、連絡してくることになっていますから」

「なるほど。続けてください」

十津川が、宇垣に、先をうながした。

「午前十時に、家内が自分の車に乗って、銀座に、買い物に出かけました」

「奥さんは、一人で、お出かけになったんですね？」

「そうです」

「車種は、何ですか？」

「ベンツの二人乗りの、オープンカーです。色は白です」

「奥さんは、買い物には、よく銀座に行かれるんですか？」

「そうですね、銀座には、家内が行きつけのデパートや、専門店があるので、よく出かけているようです。ですから、今日も、別に心配していませんでした」

いつも、妻は、午前中に、銀座に買い物に出かけると、遅くとも、午後の三時には帰ってくるので、帰ってきたら、夕食には、駅前のよく行く、寿司清という寿司店に行こうと思っていたと、宇垣が、いう。

しかし、午後三時になっても妻は帰らず、代わりに、突然、男から電話が入ったという。

電話の男は、

「今、お前の奥さんを誘拐した。身代金は二十億円だ。明日の午前十時に、もう一度、電話するから、それまでに用意しておけ」

とだけいって、一方的に、電話を切ってしまった。

「最初、てっきり、冗談だろうと思っていたので、すぐ、家内の携帯に、電話してみたんです。ところが、全くつながりませんでした。その後、家内がよく行く銀座の店に、電話をかけてみたら、家内は、その店に、ちょうど昼頃着いて、シャネルのイヤリングを買って帰ったことが分かりました。そうだとすれば、午後三時には、家に帰っていなければおかしいのです。そのうちに、家内が、本当に誘拐されたのではないかという不安が、どんどん大きくなっていきました。もう一度、彼女の携帯にかけたんですが、全くつながりません。通じないんですよ」

と、宇垣が、いった。

「犯人からの電話ですが、録音してありますか？」

「いや、録音なんて、してありませんよ。まさか、そんな電話が、かかってくるなんて、予想もしていませんでしたから」

宇垣が、怒ったような口調で、いった。

十津川は、誘拐された妻の携帯番号を教えてもらい、念のためにその番号にかけてみた。

たしかに、つながらない。携帯電話会社による電波が届かないか電源が入っていない、という案内が流れるばかりである。

犯人が、恵の携帯を取り上げて叩き壊してしまったのか、それとも、電源が入っていないのか、電池が切れているかのいずれかだろう。

犯人は、明日十一日の午前十時に、もう一度、電話してくるといっていたが、突然、真夜中に電話してくる可能性も捨てきれないので、リビングルームにある電話機には、録音装置を取りつけておき、夕食は交代で取ることにした。

深夜になると、十津川は、刑事たちに、交代で眠るように指示した。そのあと、十津川自身は、宇垣新太郎が、社長をやっている、宇垣電子の会社案内に目を通した。

そこには、本社も工場も、東京の調布市にあり、従業員は千人、年商は、二百億円と書かれていた。

(たしかに、これだけの稼ぎがあれば、愛妻のために、二十億の身代金を、払うことも可能かもしれないな)

と、十津川は、思った。

3

十津川は、窓の外が、明るくなるとともに、目を覚ました。まだ午前六時を回ったばかりである。

昨夜は、ほとんど、眠ることができなかったが、だからといって、もう一度、眠るわけにもいかない。

午前九時、銀行が開くと同時に、宇垣が、取引銀行の支店長に頼んでおいた二十億円の現金が、密(ひそ)かに、銀行から宇垣邸に運び込まれた。

銀行から運ばれてきた二十億円が、居間に積みあげられた。それだけでも、大変なものだと、十津川は実感した。

布製の大きな袋一個に二億円が詰め込まれて、それが十個である。

午前十時、いっていた通り、犯人からの電話が入った。

十津川の合図で、宇垣が電話に出て、応対を始めた。

「どうだ、身代金は、用意できたか？」

「できたが、二十億円だ。大変な量になる。これをどうやって、そちらに渡したらいいんだ？」

「自動車で運んでもらう」

「しかし、普通の乗用車では無理だ。座席が邪魔になって、二十億円の札束を、積むことができない」

と、宇垣が、いった。

「ほかにも、車を持っているだろう？」

「ああ、大きな車がある」

「それには、二十億を積めないのか？」

「ワンボックスカーで、会社の製品を運ぶ時には、後部座席を取り外して使っているから、今回もそうやれば、おそらく二十億を積めるはずだ」

「じゃあ、すぐ、その車に積め。一時間したら、また電話をかける」

と、犯人はいって、電話を切った。

たしかに、宇垣の家の大きな車庫には、二台の車が入っていた。宇垣のベンツのS500、そして、仕事に使うという特注のワンボックスカーである。

ワンボックスカーは、ベンツと比べても、一回り以上大きな車で、たしかに、床がフラットになっているので、後部座席を取り外せば、二十億円分の札束は、何とか積み込めそうである。

そこで、全部の後部座席を取り外し、二十億円の札束を、積み込むことになった。

一時間後の午前十一時、犯人から、再び電話が入った。

「車に、二十億円を積んだか？」

「ああ、積んだ」

「その車を、あんたが、運転して、二十億円を運んでくるんだ。指示は、こちらからする。あんたの携帯の、番号を教えろ。今後は、携帯に、指示を与える」

　と、犯人が、いった。

　宇垣が、自分の携帯の番号を、相手に教えた。

「確認したいんだが、家内は、無事なんだろうね？　無事でなければ、二十億円は払わんぞ」

「無事だから、安心しろ。今は眠っている」

　と、犯人が、いった。

「家内を、電話口に出してくれ。声を聞くまでは、信用できん」

「無理なことをいうな。今、眠っているといっただろう？　どうしてもというのなら、電話口に、出してやってもいいが、もし、起こして、俺の顔を見てしまったら、殺さなきゃならなくなるかもしれないぞ。それでもいいのか？」

「分かった。起こさなくていい。あんたを、信用する」

宇垣が、いうと、電話が、切れた。

その直後に、今度は宇垣の携帯が、鳴った。宇垣が、慌てて出る。

「これはテストだ」

と、犯人が、いい、続けて、

「それでは、その携帯を持って、車に乗るんだ」

と、命令した。

4

宇垣自ら運転して、二十億円の現金を積んだワンボックスカーが、成城の宇垣邸を、出発した。

少し間を置いて、十津川と亀井の乗った覆面パトカーが、後を追った。

ほかにも二台、覆面パトカーが、用意されている。それは、十津川たちに何かあった時の用心だった。

宇垣の運転する、ワンボックスカーは、ゆっくりしたスピードで、同じルートを回り始めた。

「予定通りだな」

と、十津川は、つぶやいた。

犯人は、身代金を積んだ問題のワンボックスカーに、警察の尾行が、ついているかどうかを必ず知ろうとする。そのために同じルートを、何度も回らせるのだ。もし、その時、同じ車が、宇垣の車を追っていたら、犯人は、警察の尾行がついていると、考えるはずである。

十津川は、運転している亀井に、

「一周回ったら、あとは、西本たちの車に任せよう。われわれが、宇垣の車と、ずっと同じルートを、回っていれば、犯人に気づかれてしまう恐れがある」

と、いい、交代の指示を西本と日下の乗っている覆面パトカーに与えた。

十津川たちの車は外れ、西本と日下が運転する覆面パトカーが代わって、尾行に入った。

「西本です。今、問題の車の尾行に入りました」

西本は、十津川に、連絡した。

運転席には日下刑事がいて、ハンドルを握っている。宇垣の乗った車は、まだ同じ道を回っている。

「用心深い犯人だな。あと何回、同じルートを走らせたら気が済むんだ？」

と、ブツブツ文句をいっていた日下が、突然、

「アッ」

と、大きな声を出した。

脇道からふいに、一台の大型トラックが飛び出してきて、西本たちの車の前で停まってしまったのである。いくら警笛を鳴らしても、目の前の大型トラックは、動こうとしない。

西本は、すぐ、十津川に、連絡を取った。

「目の前で、大型トラックが停車して、動かなくなりました。おそらく、共犯者ではないかと、思われます。尾行の交代をお願いします」

「分かった。地図で見ると、そこから二百メートルほど先に、三田村刑事と北条早苗刑事の乗った車が、待機している。その車が、代わって尾行に入るはずだ」

と、十津川の声が、いった。

ところが二百メートル先で、新しく、尾行に入ろうとした三田村刑事と北条早苗刑事の乗った覆面パトカーが、宇垣の運転する車を、見失った。いや、正確にいえば、視界に入ってこないのである。

どうやら、途中で脇道に入ってしまったらしい。

「三田村です。申し訳ありません。問題の車を見失いました。どこか脇道に逸れてしまったらしいのです」

「すぐ連絡を取る。君たちは逆方向に走って、問題の車を探せ」

三田村と北条早苗は、たった、二百メートルの間を、必死に探した。

その結果、途中に、一本の脇道があることが分かり、その脇道に突っ込んでいった。

その脇道を五百メートルほど進むと、空き地があり、その奥に、問題のワンボックスカーが、停まっているのが見えた。

三田村と北条早苗は、空き地に車を乗り入れ、飛び降りて、奥に向かって走った。

息を弾ませながら運転席を覗くと、宇垣新太郎が、倒れているのが見えた。

運転席に入った、北条早苗が、宇垣を助け起こしている間に、三田村は、リアシートに、目をやった。

そこに積んでいたはずの二十億円の札束は、犯人が、持ち去ったのだろう、すでに消えていた。

「三田村です」

と、三田村が、急いで十津川に電話した。

「問題の車を、発見しました。宇垣社長は、運転席で倒れていて、二十億円は、消えています」

5

気を失って、運転席で倒れていた宇垣は、二、三分すると意識を取り戻した。それを待っていたように、彼の携帯が、鳴った。

「代わって、聞いてください」

かすれた声で、宇垣が、いう。

三田村刑事が、宇垣に代わって、携帯に出た。

「二十億円、たしかに、いただいたよ」

と、犯人の声が、いった。

「それで、妻は、どうした？　無事でいるのか？」

と、三田村が、きく。

「元気だから、心配するな。すぐ行けば、幕張メッセの広場に、彼女の乗った、白いベンツのオープンカーが停めてある。彼女には睡眠薬を飲ませて、車の中で眠らせてある」

と、犯人が、いって、電話を切った。

幕張メッセの一番近くにいた覆面パトカーが、連絡を受け、現場に急行した。

幕張メッセの広場の隅に、犯人がいった通り、一台の白いベンツが停まっていた。運転席では、宇垣恵が、眠っていた。

覆面パトカーを運転していた刑事が、十津川に報告した。

「宇垣恵を発見しました。睡眠薬で、眠らされているようですが、命には別状ないようです」

「家内は、どうなりましたか？　無事ですか？」

宇垣が、刑事たちを見回した。

「今、連絡が、入りました。奥さんは、幕張メッセで無事に発見されて、保護されました。犯人に睡眠薬を飲まされているようで、まだ眠り続けているそうです。命には別状ないということですから、安心してください」

刑事の一人が、いった。

「それじゃあ、これから車を運転して、家に帰ります。家で、家内を、待っていてあげたいのですよ」

と、宇垣が、いった。

「運転、大丈夫ですか？」

心配する刑事を横目に、宇垣は、運転席に腰を下ろすと、アクセルを踏んだ。

宇垣は、自分の車を運転して家に帰り、そこで解放された妻の恵を迎えた。

犯人に飲まされたと思われる睡眠薬は、すでにその効力を失っていたが、それでも、宇垣は心配して、妻を、近くの病院に連れていった。

十津川は、ほっとはしていられなかった。

人質になっていた、宇垣恵は、無事に戻ってきたが、身代金の二十億円は、まんまと犯人に奪われてしまった。はっきりいって、十津川の負け、つまり、警察の負けである。

今後は、身代金を取り返すことと、犯人の逮捕が十津川の役目になる。

6

人質の宇垣恵が、無事に解放されたということで、それまで、報道を控えていたマスコミが、一斉に、事件を取り上げ始めた。

十津川たちは、まず、成城の宇垣邸に行き、宇垣本人と、妻の恵に、話を聞くことにした。

「あなたは、身代金を積んだワンボックスカーを運転しながら、同じルートを二周半、ゆっくりと、回りましたね？　あれは、犯人からの指示ですか？」

十津川が、きいた。

「ええ、そうです。犯人の指示通りに、車を走らせました。いう通りにしないと、妻を殺すと、脅かされていたので、警察にも、連絡することができなかったんです」

宇垣が、答える。

「二周半回ったあと、あなたの車と、警察の覆面パトカーとの間に、突然、一台の大型トラックが、割り込んできて、急停車した。それで、尾行していた、警察の車は、進むことができなくなり、立ち往生してしまったのですが、そのことは、知っていましたか？」

「いや、全く、知りませんでした。私は、同じルートを二周半したあと突然、ここから二百メートルの間に、左に折れる脇道がある。そこに入れと、犯人に命令されたので、必死に脇道を探していたんです。ですから、後ろで何か起きていても、気がつきませんよ」

「それから、脇道を見つけて、そこに入っていったんですね？」

「ええ、そうです。入りました」

「それから、どうしました？」

「五百メートルほど走った時、右手に、空き地が見えました。犯人に、空き地を見つけたら、その奥に車を停めて降りて待てと、いわれていたので、その通りにしました」

「車から降りろと、犯人から、いわれたのですね？」

「そうです」

「それで？」

「いわれた通りにして、待っていました。そうしたら、突然、背後から、殴られたんです。たぶん、スパナか何かだと思いますが、私は、気を失って倒れてしまいました」

「犯人が、後ろから、忍び寄ってきて、スパナか何かで、背後から殴りつけた。そういうことですね？」

「ええ、その通りです」

「その時、犯人の顔を見ましたか」

「何も、見ていません。何しろ、背後からいきなり殴られて、気を失ってしまいましたから。犯人の顔や服装を見る余裕は、全く、ありませんでした」

「その後は、どうしましたか？」

「気がついた時には、そばに、刑事さんがいて、私は、運転席に寝かされていました。その間のことは、全く、分かりません」

「どうして、犯人は、あなたを殴ったあと、運転席に寝かせておいたのでしょうか？」

「はっきりとは分かりませんが、地面に倒れていたら、誰かが怪しんで、警察に電話をするかもしれない。それでは困ると思ったんじゃありませんか」

「犯人の声に、聞き覚えは、ありませんでしたか？」

亀井が、きくと、

「いえ、ありません。今まで、一度も聞いたことのない声でした」

と、宇垣が、いった。

次に、十津川は、人質になっていた恵から話を聞くことにした。

「あなたは、五月十日に誘拐されました。それで、その日の行動を、全て、話していただきたいのです」

「分かりました」

「あなたは、五月十日の、午前十時頃、車で、銀座に向かったんですね？」

「そうです。銀座の行きつけのお店から、欲しいと思っていたシャネルのイヤリングが、入ったという知らせがあったので、さっそく見に行ったのです」

「それから？」

「お昼近くに、銀座に着きました。目的のシャネルのイヤリングを買いました。その後、まっすぐ、家に帰るつもりでした」

「ということは、そのあとで、何かがあったわけですね？　何があったのか、詳しく、話してください」

「車を運転して、成城の家に帰る途中、たぶん、新宿をすぎた辺りだったと思いますけど、前を走っていたトラックが、いきなり、急ブレーキをかけたんです。慌ててブレーキを踏みましたけど、危うく、ハンドルに、頭をぶつけるところでした。そうしたら、急停車したトラックから、男の人が、降りてきて、こちらに向かって、歩いてきたんです。私は、てっきり、急ブレーキをかけたことを謝りに来たのだと思って、窓を開けて、あんなに急に、ブレーキをかけたら、危ないじゃないですかと、いったんです。そうしたら、男の人が、急に、私の車の助手席に乗り込んできて、静かにしろ、騒いだら、殺すぞと脅かされたんです。手に何か光るものを持っていたんで、私は、ナイフだと思いました。それで、幕張メッセに行けと、命令されたんです」

「それで、幕張メッセに行ったんですね？」

「はい、そうです」

「あなたは、前に、幕張メッセに、行ったことがあるんですか？」

「ええ、たしか、外車ショーをやっていた時に、一度だけ、行ったことがあります。主人と一緒でした」

「それで、幕張メッセに行った後は、どうなったんですか？」

「幕張に着いたら、広場の隅で、車を停めろといわれました。いわれた通りに車を停めたら、いきなり、あれは睡眠薬を染み込ませた布だと思うんですけど、それを顔に押しつけられて、私は、気を失ってしまいました。その後、睡眠薬も飲まされたと思います」

「その後は、どうしましたか？」

「多分、何回も睡眠薬を飲まされたと思います。最後に気がついた時には、車に乗っていて、すでに、自宅の近くに来ていました。刑事さんが、車を運転してくれたんだと思います」

「あなたに、睡眠薬を、嗅がせた男ですが、顔は、見ましたか？」

「見ましたけど、帽子をかぶって、サングラスをかけ、大きなマスクをしていましたから、はっきりとは分かりませんでした」

きなかった。

結局、宇垣新太郎からも、宇垣恵からも、これといった有力な情報を、得ることはで

と、恵が、いった。

「分かりません。少なくとも、聞き覚えのある声じゃ、ありません」

「声は、どうでしたか？」

7

新聞各紙は一面で大きく、この誘拐事件を扱った。テレビも、朝晩のニュースで、この事件を詳しく報道した。

二十億円という身代金は、日本国内で、一個人を、誘拐した事件としては、これまでの最高額だと、新聞、テレビが解説した。

警察の尾行を邪魔した大型トラックも、宇垣恵の車を停めたトラックも、どちらも、盗難車だったことが、分かった。

警察によって録音された犯人の電話の声は、テレビで公開された。その結果、「似て

いる声の男を知っている」とか「自分の知り合いの男が、怪しい」といった情報は、いくつかあったものの、有力な手掛かりが、警察に寄せられることはなかった。

十津川は、二つの面から、この誘拐事件の捜査を、進めることにした。

犯人は、宇垣夫妻、あるいは、宇垣が社長をしている宇垣電子という会社と、どこかでつながっている人間ではないかと考えて、その線を追うこと。

もう一つは、反対に、夫妻とは今までに全く、面識のない人間による犯行と考えて、そうした人間を探すことである。

この二つを頭において、十津川たちは、捜査を進めたが、一週間経(た)っても二週間経っても、容疑者と、呼べるような人物は、一向に浮かんでこなかった。

六月に入っても、捜査本部は、有力な手掛かりをつかめなかった。

捜査は難航し、このままでは、迷宮入りになるのではないか？　そんな不安が流れ始めていた六月三日に、横浜(よこはま)市内で、もう一つの、誘拐事件が発生した。

横浜で誘拐されたのは、幼稚園に通う、幼女だった。

横浜駅の近くの商店街の中に、ひときわ目立つ五階建てのビルがある。ビルの四階分のフロアを使って、ブランド製品を売っている、小柴(こしば)商会の社長、小柴英明(ひであき)の一人娘で、五歳のさくらが誘拐されたのである。

この誘拐事件を担当したのは、神奈川県警捜査一課の広田(ひろた)警部と、部下の刑事たちだった。

小柴商会社長の一人娘さくらは、近くの幼稚園の年長組だった。

自宅が近いので、幼稚園には、毎日歩いて通っている。最初のうちは、母親が心配して、迎えに行ったりしていたのだが、年長組になると、本人が、母親が迎えに来ることを恥ずかしがるので、毎日、一人で、歩いて通っていた。

六月三日、その途中で、何者かにさくらが誘拐されてしまったのである。

犯人から要求された身代金は、六億四千万円だった。

この誘拐に目撃者はなし。誘拐されたと思われる場所にも、手掛かりとなるような証拠は、何も残されていなかった。

マスコミは当然、この誘拐事件を一切報道しなかった。

犯人は、女の声で、父親の小柴英明に対して、六億四千万円の、身代金を要求してきた。全て新札で、番号はメモするなといった、型どおりの要求もしてきた。

犯人が女なのと、誘拐された五歳の娘のことは、父親よりも、母親の方がよく分かっていると思い、犯人に対して、母親の仁美が対応した。

誘拐と分かった時点で、神奈川県警捜査一課の、広田警部たちも、直ちにビルの五階にある小柴家の自宅に詰めることになった。その時、広田は、最初にこんな質問を小柴夫妻にぶつけた。

「身代金の六億四千万円は、お二人が、値切られたんですか？」

「とんでもない！」

と、小柴が、声をあげた。

「大切な娘が誘拐されたんですよ。犯人の要求を値切ったり出来るはずがないでしょう！」

「そうでしょうね。ただ、私としては、犯人の要求する金額が中途半端なものなので――」

「六億四千万円ですよ。大金ですよ。どこが、中途半端なんですか！」

と、また、小柴が怒る。

「そうでした。確かに大金でした」

そこで、広田は勝手に考えることにした。多分、犯人は、何か欲しいものがあるのだ。

それは、物かもしれないし、事業資金かもしれない。それに、必要な金額が六億四千万円。余分に要求しなかったのは、犯人の自己弁明か、一種の正義感か。

銀行が、六億四千万円の現金を運んできて、それを無理矢理、巨大な二つの袋に詰め込んだ。

横浜は、坂の多い町である。小柴商会のある商店街自体は、坂にはなっていないが、その先は、急坂になっていて、外国人墓地につながっている。

(犯人は、この坂の多い町で、どうやって、身代金を奪うつもりなのか)

と、広田が考えた時、犯人が同じ女の声で、電話してきた。

「身代金は、もう、用意していただけましたか?」

女は、妙に丁寧(ていねい)な口調で、いう。

こちらは、仁美が、答える。

「いわれた通りの金額を、用意しました。いつでも、そちらにお渡しします。お支払いしたら、さくらは、ちゃんと、戻ってくるんでしょうね?」

「もちろん、ちゃんと、お返ししますよ。こちらは、お金が欲しいのであって、小さな子どもをひどい目にあわせるのは、本意じゃありませんから」

相変わらず、犯人の女は、丁寧な口調だった。

8

六月六日午後一時、犯人が、指定した、時刻である。

「六億四千万円は、間違いなく用意できていますね？」

と、犯人が、いった。

「用意できていますけど、これから、どうしたらいいんですか？　早く教えてください」

「では、あなたの車に、お金をのせて、指示通りに動いてください。確か、あなたの携帯の番号は×××ですね？」

犯人は、仁美の携帯の番号を知っていたのだ。

仁美は、愛車のミニクーパーに、六億四千万円を詰めた袋の入った、スーツケース二つを積んだ。

犯人がすぐ仁美の携帯に、電話してきた。

「今から、外国人墓地に向かって、車を走らせ、墓地の前まで来たら、そこに車を停めてしばらく待ってください。こちらから、次の指示を出すので、それに従ってください」

と、犯人が、いった。

仁美はアクセルを踏み、急な坂道を、六十キロのスピードで、上がっていった。

外国人墓地の前で車を停める。

しかし、その後、犯人からの連絡が、なかなか来ない。

仁美は、犯人が、用心しているのだろうと考えた。こうやって、外国人墓地の前に、車を停めさせておいて、犯人は、どこかで、こちらの様子を、うかがっているのだろう。

警察が、動いているかどうかも、探っているに違いない。

だから、こちらのそばにパトカーが来たら、犯人は、取引を中止して、逃げ出してしまうかもしれない。

妙に、蒸し暑い日である。

仁美は、クーラーを入れた。

五分、六分と時間が経(た)っても、犯人は、一向に連絡してこない。

かなり用心しているのだ。

前に電話をして来た時、犯人は、

「警察には、絶対に知らせてはいけません。もし、警察が、尾行してくるようなことがあったら、子どもは殺しますよ」

といったのである。

だから、小柴夫妻は、娘の安全を考え、広田警部たちに、絶対に、尾行してくれるなといっておいたのだが、それでもなお、犯人は、用心深く、こちらの様子を、チェックしているのだろう。

さらに数分が経ち、仁美が車を停めてから三十分が経過した。

仁美の携帯が鳴った。

慌てて取ると、

「目の前に、外国人墓地の管理棟があって、その前に、テーブルに向かって、座っている人たちがいるでしょう? 分かったら、いってください」

と、犯人が、いう。

仁美は、「分かりました」と、いった。

「あなたの車に積んでいる、二つのスーツケースを、受付の募金係に、渡してください。次に、まっすぐ海岸に向かって、坂を下りて、山下公園に行ってください。そこに、娘さんがいます。ただ、何か警察に、連絡をするような素振りを、少しでも見せたら、娘さんの命は、保証できなくなりますからね。気をつけてくださいよ」

犯人が、いった。

仁美は、犯人にいわれた通り、車に積んできたスーツケース二つを、受付にいる女性に、渡した。

その女性が、黙ってスーツケースを、自分の後ろに隠した。

それを確認してから、仁美は、アクセルを踏んで、山下公園に向かった。

山下公園の前に車を停めて、仁美は、公園の中を見回した。

娘のさくらが、いた。

不思議なことに、さくらは、泣いていなかった。母親の姿を見つけると、さくらは、走ってきた。

「大丈夫だった？」

と、仁美が、きくと、

「楽しかった」

と、いって、笑った。

その時、一台の覆面パトカーが、近づいてきた。

「身代金は？」

刑事の一人が、きいた。

「外国人墓地のところにいた受付の募金係の女性に、渡しました」

仁美が、答えると、刑事たちは、一斉に、覆面パトカーで、外国人墓地に向かって突っ走っていった。

外国人墓地の前には、「管理と修理のための義捐金を、募集しております」という立て札がある。

テーブルがあり、そこには、何人かの男女が腰を下ろしていた。

そこに、覆面パトカーを、飛ばしてきた刑事たちが、一斉に降りてきて、募金をしている男女を取り囲んだ。

「金の入った袋はどうした？」

刑事の一人が、大きな声で、きいた。

それでも、募金を集めていた五人の男女は、何のことか分からないといった表情で、ポカンと、刑事たちを見ている。

「スーツケースですよ、スーツケース。このテーブルで、さっきまで受付をやっていた女性がいるはずです。彼女は今、どこにいるんですか？」

刑事の一人が、きいた。

「あの女性でしたら、もう、いませんよ」

「いないって、いったい、どこに、行ったんだ？」

刑事の口調が、思わず、荒くなった。

「われわれが、外国人墓地の管理や修理のための義捐金を、募集しているところに、あの女性が、フラッと、一人でやって来ましてね。私にも、手伝わせてくださいというので、そちらのテーブルで、受付をやってもらっていたんですよ。一時間くらいした時だったでしょうか、急に、すいません、用事を思い出しました、といって、そこに停めてあった自分の車で、どこかに消えてしまいました。ええ、たしかに、トランクというか、大きなスーツケースが二個、そこにあったようですが、それが、どうかしたんですか？」

と、募金係の一人が、いった。

「どこの、誰なんだ？」

刑事の一人が、また声を荒らげた。

「ですから、初めて見る顔で、全く知らない人なんですよ。募金のお手伝いをさせてくださいというので、そちらのテーブルで、受付をやってもらっていただけですよ。それが、どうかしたんですか？」

「そこにいた女性は、子どもを誘拐した犯人なんだよ」

刑事の一人が、そういったが、すぐに口を、閉ざしてしまった。

「このテーブルで受付をやっていた女性の名前や住所が分かったら、すぐに教えてほしい」

広田警部は、自分の携帯の番号を、教えた。

広田は、最初、ここにいる五人の男女が、誘拐犯の仲間ではないかと、考えたのだが、どう見ても、そこにいる五人が、共犯者とは思えなかった。知らない女性が、急にやって来て、彼らの活動を手伝わせてくれといったというのも、おそらく、ウソではないだろう。

広田は、犯人は、すでに逃げたものと考えた。

9

捜査本部には、誘拐された、五歳のさくらと、その母親が、やって来た。

広田は、母親に向かって、

「今、さくらちゃんに、話を聞いても、構いませんかね？　さくらちゃんが、精神的に疲れているのならば、話を聞くのは、後でも構いませんが」

「ぜひ、話を聞いてください。こちらは、あんなに心配していたというのに、この子は、楽しかったなんて、いっているんですよ」

母親の仁美が、いった。

それなら、話を聞いても、まず、大丈夫だろう。

広田は、まず、五歳のさくらに、話を聞くことにした。

「ねえ、さくらちゃん、誘拐って、分かるよね？」

「うん、分かる」

「六月三日、幼稚園の帰りに、さくらちゃんは、犯人に、誘拐されてしまった。そうだよね？」

「うん」

と、さくらが、うなずく。

「連れていかれてから、さくらちゃんは、どこにいたのかな？」

今度は、女性の刑事が、きいた。

「ビルの中」

と、さくらが、答える。

「どこのビルか、分かるかな？」

「分かんない」

「そこには、どんなものが、置いてあったかな？　何か覚えているものがあったら、教えてくれる？」

女性刑事が、続けて質問した。

広田は、さくらへの質問を、途中から、女性刑事に任せ、自分は、聞き役に、回ることにした。さくらも、女性刑事の質問の方が答えやすいだろうと、思ったからである。

「さくらちゃんがいたビルにも、女の人がいたの？」

「いたよ」

「どんな感じの人かな？　大きい人、それとも、小さい人？」

「めちゃくちゃ大きい人」

さくらが、答える。

「ママより、大きい人？」

「うん、大きいよ。すごく大きい」

と、さくらが、いう。

「その女の人は、さくらちゃんに、何かいったり、何か、さくらちゃんと、一緒にしたりしたのかな？」

「一緒に、テレビを見たよ」

「それは、部屋に、テレビが、置いてあったのね？」

「うん、テレビ見たよ」

「さくらちゃんは、その女の人と、三日間、一緒にビルの中で、すごしていたことになるんだけど、どんなものを食べていたのかな？」

「パンと牛乳とご飯と、それから、お寿司」

と、さくらが、答える。

さくらは、途中で、目を閉じてしまった。疲れて眠くなったのだろう。

しかし、そこまでの、さくらの証言は、今後の捜査に、大いに役に立つと、広田は考えていた。

さくらのいったことを、そのまま信用すれば、こういうことになる。

さくらを誘拐したのは、女性で、やたらに背が高かったらしい。連れていかれたのは、ビルの中で、ビルの部屋には、テレビがあった。

食事は、パンと牛乳、それから、ご飯といっていたが、たぶん、オニギリのことだろう。

食べ物は、持ってこさせたのではなくて、犯人が、どこかに買いに行ったのだ。

誰かに持ってこさせて、そこに、五歳の女の子がいるのが知られたら、この誘拐事件は、失敗したことになるからである。

「さくらちゃんの証言の中で、問題のビルの中に、テレビがあったというのは、かなり重要な証言になると思うがね」

と、広田が、いった。

「私も、そう思いました」

さくらに話を聞いた、女性刑事も、うなずいている。

「誰もいない、今は、使われていないビルの中で、さくらちゃんは、監禁されていたんじゃないんだ。誰かが、住んでいるビルの中に、監禁されていたんだ。だから、そこには、テレビがあった。つまり、横浜周辺の、人が住んでいるビルで、近くに、寿司屋やコンビニのあるビルということになる。誘拐した犯人は、背の高い女性だ」

広田は、これらの項目を箇条書きにして、刑事たちに渡し、一斉に、聞き込みをやらせた。

この調子なら、犯人は、意外にあっさりと、捕まるのではないか？

捜査本部は、そんな期待を、持っていたのだが、聞き込みをいくらやっても、一向に、捜査は進展しないのである。容疑者も浮かんでこない。

（どこかおかしい）

と、広田は、感じ始めていた。

第二章　三つめの事件

1

十津川は、全国の道府県警本部に連絡し、もし、誘拐事件が発生したら、すぐに教えてくれるように頼んだ。

すると、松江で、まさに今、誘拐事件が発生していることが分かった。

「どんな誘拐事件ですか？」

と、十津川が、きいた。

島根県警の小西という警部が、答えてくれた。

「松江で、成功者といわれている池内清志という観光会社の社長がいます。年齢は、四十歳です。妻の美由紀は、十歳違う三十歳で、二人の間には、俊之という三歳の一人息子が、いますが、この一人息子が、何者かに誘拐されたのです」

「詳細を知りたいので、そちらに、伺いたいのですが」

と、十津川がいうと、間を置いて、

「現在、犯人との間で、折衝が繰り返されていますので」

と、相手が、いう。

「分かっています。私は、現場には行かず、そちらの、県警本部に、これからお伺いするので、詳しい話を、聞かせていただけませんか？」

「分かりました。お待ちしています」

小西警部が、いってくれた。

十津川は亀井と、すぐ、東京駅から新幹線に乗った。岡山駅で乗り換えて、伯備線で島根に向かい、まっすぐ島根県警本部に、電話の相手、小西警部を訪ねていった。

小西は、昨日起きた誘拐事件について、あらためて詳しく、十津川に説明してくれた。

「誘拐されたのは、池内夫妻の一人息子、俊之、三歳です。池内清志、四十歳は、三年前に松江で、池内観光という、観光会社を立ち上げました。周辺に、出雲大社とか、宍道湖とか、松江城とか、観光の名所がたくさんあり、それもあって成功しています。昨日も、池内は出社して、松江市内にある、池内観光の社長室で働いていました。妻の美由紀、三十歳も働いていて、池内観光の営業部門を、担当しています。それで、俊之は、いつも松江市内の保育園に、預けられているのですが、昨日保育園の庭で、遊んでいるうちに、姿が見えなくなったというんです。何者かに誘拐されたことも考えられるので、捜査していたところ、昨日から今日にかけて、犯人から何度か電話があり、誘拐事件と分かりました。現在、松江警察署の山田という警部が、犯人との折衝に、当たっています」

「お話を聞く限りでは、典型的な誘拐事件ですね」

と、亀井がいうと、

「形としては、そうなんですが、少しばかり、妙なところのある事件なのです」

と、小西が、いう。

「妙なところというのは、ひょっとすると、身代金の額じゃありませんか？」

と、十津川が、きいた。

「よくお分かりですね。実は、そうなんですよ。誘拐犯は身代金として、池内夫妻に、三億六千万円を、要求してきました。普通の誘拐であれば、一億円とか三億円、あるいは、五億円といったように、切りのいい額を要求するはずですが、なぜか、今回の犯人は、三億六千万円という、半端な金額を要求してきているんです」

「おかしいのは、やっぱり、身代金ですか」

「そうなんですよ。犯人が、なぜ、四億円ではなく、三億六千万円という、中途半端な額を要求してきたのか、その理由が、分からなくて困っています。池内夫妻は、三歳の一人息子が、無事に帰ってきてくれれば、安いものだといい、要求された三億六千万円を払うといっています」

「実は、横浜で、同じような誘拐事件が、起きているんです。その犯人も、同じように、半端な金額を要求しているのです。この事件では、身代金を払って、人質になっていた五歳の娘は、無事に戻りました」

と、十津川が、いった。

「そうすると、この二つの、誘拐事件の犯人は、同一人物でしょうか？」

小西がきく。

「いや、犯人は、別人だと思いますね。とにかく、横浜で何億円かを、犯人は手に入れたわけですから、もし、同一人物なら、その一週間後に、また、松江で誘拐事件を起こすということは、まず、考えられません」

十津川が、いった。

「しかし、この半端な、いや、半端といっても大変な金額ですが、その金額を、犯人が要求した理由は、どういうことでしょうか？」

小西がいう。

「われわれも、いろいろと考えましたが、理由の一つは、犯人の屈折した正義感ではないかと、いう刑事もいます」

十津川が、いうと、小西は、苦笑して、

「犯人の正義感ですか」

「事件の犯人が、何かの理由で、三億六千万円という金額を必要としているとします。その場合、普通の犯人なら、四億円を、要求するでしょうが、この犯人は、一種の正義感からというか、見栄（みえ）からというべきか、必要とする三億六千万円しか要求しないのではないか。それで、勝手に自分を納得させているのではないか。そんな考え方も、あります」

「なるほど。ほかにも、考えられる理由が、ありますか？」

「そうですね、ほかに、考えられるケースとすれば、被害者が、値切ったケースでしょうか。犯人は、四億円を要求したが、池内夫妻は、どうしても、三億六千万円しか集められなかった。そこで、犯人に対して、これだけなら払えるといって、三億六千万という、金額を提示したケースです。しかし、横浜で、同じことをいったら、人質の両親が、怒ったそうでしてね。可愛い娘のためなら、何億円だって、払うつもりだ。身代金を値切ったりはしないと、怒られたそうです。今度のケースは、どうなのか、分かりませんが」

と、十津川が、いった。

「現在、池内夫妻の自宅には、七人の刑事が行っているのですが、その刑事からの報告によると、三億六千万円という身代金の金額は、犯人のほうから、いい出したもので、池内夫妻が値切ったということは、全くないそうです」

「そうでしょうね」

十津川も、あっさりうなずいた。

可愛い一人息子が誘拐されたのである。その点は、横浜のケースと、よく似ている。

両親にしてみれば、身代金を値切るようなことは、しなかっただろう。おそらく、いくら要求されようとも、いわれるままに、支払うはずである。

午後二時過ぎになって、池内夫妻が、身代金の三億六千万円を払い、人質になっていた三歳の一人息子は、無事に、帰ってきたと、現場にいる刑事から、県警本部の小西に連絡が入った。

「三億六千万円の身代金が支払われ、人質になっていた三歳の男の子は、無事に返されたそうです」

と、小西が、十津川に、いった。

「犯人は、女でしたか、それとも、男でしたか?」

と、十津川がきく。

「犯人の電話を聞いていた、刑事によると、男の声だった、といっています」

「横浜の場合、犯人は女性でしたから、そこは違いますね」

「やはり、二つの誘拐事件の犯人は、別々だったと見て、いいようですね」

と、小西が、いった。

「人質が無事に、返されたことは、一安心ですが、身代金は、犯人に、まんまと奪われてしまいました。これからあとは、島根県警が面目にかけて、犯人を、逮捕することになります。忙しくなりますよ」

その後で、小西が、

「たしか、東京でも、誘拐事件が起きたんじゃありませんか？　身代金が、二十億円という莫大（ばくだい）な金額なので、覚えているんですが」

といった。

「その通りです。東京の誘拐事件も、現在、必死で犯人の行方を追っているのですが、いまだに、見つかっていません。横浜も同じです。神奈川県警が、メンツにかけて犯人を逮捕し、身代金を、取り戻すといって、捜査をしていますが、いまだに容疑者は見つかっていません」

「犯人は、二件とも、どうして、見つからないのでしょうか？」

と、小西が、きく。

「理由は、分かりません。東京と横浜で、三十億円近い身代金が奪われました。犯人が、その金を、使ってくれれば、それが、手掛かりになると思うのですが、今のところ、犯人が、その金を使った形跡はありません。特に東京の場合は、二十億円ですからね。犯人が油断して、まとめて使っていれば、すぐに分かるのですが、残念ながら、その形跡は、ありません」

「犯人が警戒をして、すぐには、使わないようにしているんでしょうか？」

「少なくとも、東京の誘拐事件に関しては、そうだろうと、見ています。おそらく、ほとぼりが、冷めてから使おうと、犯人は考えているんだろうと思いますね」

「東京と横浜の事件ですが、犯人は、単独犯だと、考えますか？」

「東京のケースだけ、お答えしますが、われわれは、単独犯とは思っていません。複数犯でしょう。リーダーに、メンバーを統率する力があるんだと、思いますね。それで、誰もが手に入れた二十億円を、使っていないのだと、われわれは、見ています」

「東京の誘拐事件では、身代金は、最初から二十億円という金額を、かっきり、要求しているのですか？」

「そうです。横浜や、こちらの事件のように、何千万円という、端数は出していません。最初から、二十億円かっきりを、犯人は、要求してきました」

「そうすると、われわれは、東京より、横浜で起きた誘拐事件を、参考にしたほうがいいかもしれませんね」

と、小西が、いう。

「そうかもしれません。東京の誘拐事件は、人質に取られたのは、三十二歳の成人の女性です。それに比べて、横浜の被害者は、五歳の幼女、そして、今回の誘拐事件は、三歳の幼児ですからね。それに、この二件とも、身代金の要求金額が、半端ですから、東京の誘拐事件よりも、共通点があると、私も考えています」

十津川は、正直に、いった。

十津川と亀井は、松江で起きた、誘拐事件について、詳しいことをメモしてもらった後、それを持って、東京に帰った。

2

翌日の新聞は、一斉に、

「頻発する誘拐事件」

という、大きな見出しを掲げ、社会面に、詳しい解説を載せていた。

その記事の内容を見ると、十津川が危惧したように、やんわりとだが、警察を、批判していた。

「東京、横浜、そして、松江で起きた誘拐事件について、警察は、その手掛かりさえも、まだつかんでいない。何しろ、三十億円もの身代金が奪われているのである。警察は、犯人たちから、甘く見られているに違いない」

特に、東京で起きた、誘拐事件に対する批判が、一番厳しかった。

三件の誘拐事件の中で、最初に起きた、事件だということもあり、また、二十億円という一番高額な身代金が支払われたということ、さらに、誘拐された人質が、ほかの二件はいずれも幼児なのに、東京の場合は、三十二歳の成人女性だということも、批判のタネにされた。

東京の中央テレビは、三件の誘拐事件を取り上げ、ゲストに、十津川の先輩にあたる、元警視庁捜査一課の刑事が呼ばれて、解説した。

そのゲストは、新聞と同じように、東京の人質が、三十二歳の成人女性だったことを取り上げて、批判した。

「何しろ、誘拐された人質は、三十二歳の成人女性である。それに、大学を出ていて頭脳明晰（めいせき）といわれている。警察の発表によれば、彼女は、睡眠薬を飲まされていたので、犯人の顔を見ていないと、証言しているが、誘拐されている間、犯人のそばにいたことは間違いない。そうならば、何か気がついているはずである。犯人の顔は見ていなくても、犯人の気配や、ちょっとした動作、あるいは、話し声を聞いていたはずである。当然、そのことは、警察にも告げているだろう。それなのに、どうして、犯人の手掛かりが、全くないと、警察がいっているのか、その点が不可解である。もし、何か気づいていると発表すると、それでもなお、犯人が特定できないことに対して、批判が集中するだろう。だから、捜査本部は、犯人について何も分からないと、いい続けているのではないのか」

これが、多くのマスコミの警察批判である。三上（みかみ）本部長が、心配して、捜査会議を開いた。

会議の冒頭、三上が、十津川に、いった。

「君は、横浜で起きた誘拐事件や、松江で起きた誘拐事件について、捜査を担当している神奈川と島根の県警本部に行って、いろいろと、話を聞いてきたらしいが、どうして、東京で起きた誘拐事件の捜査に、集中できないのかね？　横浜や松江に行っている時間があるのならば、もっと、東京の捜査に集中すべきじゃないのかね？」

「三つの事件が続けて起きているので、何か共通点があるのではないかと思い、横浜と松江で起きた誘拐事件について話を聞きに、行ったのです」

「それで、何か分かったのかね？」

「どちらも高額な身代金が払われたにもかかわらず、容疑者が浮かんでおりません」

十津川が、いうと、三上が、笑った。

「それは、両県警の失敗だろう。そんなものが共通点といえるのかね？　そのことに、こだわっていると、恥の上塗りになってしまうんじゃないのかね？」

「たしかに、本部長のおっしゃる通りです。もう一つの共通点は、横浜と松江で支払われた身代金が、半端な金額だということです。なぜ、犯人は、切りのいい何億円という金額を要求しなかったのか？　これが共通点です」

「しかし、東京の誘拐事件には、その共通点がないんだろう？　東京では、二十億円きっかりの金額を、犯人が要求しているんだからね」

「その通りですが、なぜか、その奇妙さが、気になって仕方がないのです」

と、十津川が、いった。

「ところで、君は、今朝の新聞を読んだかね？」

「警察に対する批判の記事は、繰り返して読みました」

「あの記事は、東京では、三十二歳の成人女性が、誘拐されたのに、何の進展もないと批判している。君はどう思っているんだ？　人質になった宇垣恵という三十二歳の奥さんには、何回か会っているんじゃないのか？」

「事情を聞くために、何回か、会いました」

「それなのに、犯人について、何も分からないのかね？」

「残念ながら、分かりません。彼女は、睡眠薬を飲まされ、眠っていたので、犯人の顔は、全く見ていないと、いっているのです。これでは、何の参考にもなりません」

「しかし、新聞は、こう書いている。被害者は、睡眠薬を飲まされたので、犯人の顔は見ていないといっているが、それでも、何かしら感じることがあったはずだ。誘拐された被害者は、大学出の頭のいい三十二歳の女性だ。その彼女が、何も気がつかなかったというのは、どうにも、考えにくい。新聞には、そう書いてある。私も、新聞に書いてある通りだと思うのだが、君は、どう考えているんだ？」

「私も、彼女は、犯人について、何か気がついたことがあるはずだと思ったので、何回も会って聞いたのですが、参考になるようなことは、全くありませんでした」

と、十津川が、いった。

結局、この日の捜査会議は、三上本部長の叱咤激励だけで、終わってしまった。

捜査会議の後で、十津川は、亀井が淹れてくれた、インスタントコーヒーを一緒に飲みながら、話し合った。

「どうにも不可解なのは、身代金の額もあるが、どうして、三件とも、犯人が、いとも簡単に身代金強奪に成功したのかということなんだ」

十津川が、いうと、

「たしかに、そうですね」

と、亀井は、頷いてから、

「正確な数字は、分かりませんが、誘拐事件では、半分以上、犯人が、逮捕されているんじゃありませんか？　犯人が逮捕されていないケースでは、警察が、捜査の過程で、何らかのミスを犯してしまい、そのためもう少しのところで犯人を取り逃がしていることが少なくありません。警察のミスがなければ、犯人は、間違いなく、逮捕されていたという、ケースが多いんじゃありませんか？　それなのに、今、警部がいわれたように、三件とも、見事に犯人が、身代金強奪を成功させてしまっています。それをおかしいと、感じる人もいるかもしれませんね」

と、いって、十津川が、笑った。

「それが、私だよ」

「松江の場合も、まんまと身代金を取られてしまっている。東京と横浜でも犯人は、見事に、多額の身代金を手に入れている。従って、今、犯人の手元には、大金が、あるはずだよ。それなのに、これらの犯人は、奪った身代金を、全く使っていないんだよ。多くの誘拐事件で、犯人は、身代金の受け取りに成功して、大金を手に入れると、すぐ、その金を、使いたがるものだ。それで足がついて、逮捕されたというケースも、結構多い。それなのに、東京の誘拐事件でも、横浜の誘拐事件でも、犯人が、身代金を使ったという報告は、どこからも入ってこない。それも、私には、どうにも、不思議で仕方がないんだよ」

「たしかに、不思議ですね」

「何しろ、東京で、支払われた身代金は二十億円だ。もし、犯人が十人でも、一人当たり二億円の金が、手に入ったことになる。普通なら、成功したことにはしゃいでしまい、高い買い物をすることが、多いはずなんだ。マンションを買うとか、高級外車を買うとか、貴金属を買うとかね。それがあれば、自然に、われわれの、耳に入ってくる。それなのに、それが全くないんだ」

「共犯者が、いるとしてですが、リーダーが、仲間をしっかり統率しているからじゃありませんか？　リーダーの締めつけが強いので、共犯者は、手にした莫大な身代金を、使いたくても、使うことができない。そんなふうにも考えられますよ」

「たしかに、それもあるが、ほかにも、考えられるケースがある」

「どんなケースですか？」

「犯人たちが、ベンチャービジネスを、立ち上げようとしている場合だよ。会社を、立ち上げるために、二十億円の資金がいるから、誘拐で、その二十億円を、手に入れた。

会社を立ち上げるまでの間、少しの金でも、使わないようにしているんじゃないのかね。そんなケースも、想定できる」

「なるほど。ベンチャービジネスの資金ですか？」

「そうだよ。そのケースが、考えられないわけじゃない」

と、いってから、十津川は、

「昨日、被害者の宇垣夫妻に、会いに行った刑事が、いたはずだ。誰だった？」

「三田村刑事と、北条早苗刑事です」

「すぐ、二人を呼んでくれ。話を聞きたい」

と、十津川が、いった。

3

三田村と、北条早苗の二人が来ると、二人にもコーヒーを勧めてから、

「君たちは、宇垣夫妻に、会いに行ったそうだね？」

と、十津川が、きいた。

「昨日、自宅に、様子を見に行ってきました」

　と、三田村が、答える。

「宇垣夫妻は、宇垣電子という会社を経営している。二十億円もの身代金を支払うということは、会社にとって二十億円の損失になるわけだから、二人とも、相当、参っていたんじゃないのかね？」

　と、十津川が、きいた。

「私たちが、二十億円の、身代金について聞くと、宇垣夫妻は声を揃えて、一日も早く、何とかして、取り返してくれといっていました」

　三田村が、いうと、横から、北条早苗が、

「でも、私が見たところでは、それほど、参っているようには、見えませんでしたね。たしかに、二人とも言葉では、犯人にしてやられて悔しいとか、あの二十億円があれば、会社を、もっと大きくできるのにとか、いっていましたが、二人の顔つきを見ていると、それほど参っているようには、見えなかったんですよ。特に、宇垣新太郎のほうは、若い奥さんが無事に帰ってきたことだけで、すっかり、満足しているように見えました」

「宇垣夫妻は、かなり年が離れていたね？」

「そうです。夫の宇垣新太郎は、還暦の六十歳、妻の恵は三十二歳ですから、二回り以上も、違っています」

「つまり、若くて美しい女性を、後妻に迎えたというわけだな？」

「その通りです」

「だから、夫の宇垣新太郎にしてみれば、若い奥さんが、可愛くて、仕方がないというわけだ。そう考えれば、誘拐された彼女が無事に帰ってきたことで、宇垣が、そのことに、満足していたとしても、不思議じゃない」

「そうです。それに、宇垣電子は、成功して、年商二百億円といわれています。ですから、二十億円の身代金が、損失になったとしても、二、三年で、取り戻せるんじゃないですか？　宇垣新太郎は、自分の事業に対しては、日頃から自信満々で、これから先、どんどん会社を大きくして、利益を上げることができると、いっているようですから」

と、三田村が、いった。

「奥さんの宇垣恵にも、単独で、話を聞いたんだろう？」

「そうです。仕事があるからといって、宇垣新太郎が、会社に行ってしまったので、そのあと、私たちは、奥さんの恵と話し合いました」

「彼女からは、どんな話が、聞けたんだ?」

「恵は、犯人に睡眠薬を飲まされていて、誘拐されている間は、ほとんど眠っていたから、犯人の素顔は、見ていない。だから、犯人に関する情報を、伝えることができないと、いうんですよ」

と、北条早苗が、いう。

「しかし、彼女は、銀座で、買い物をした帰りに、誘拐されたんだろう?」

「そうです」

「それなら、誘拐された瞬間は、睡眠薬は、飲まされていないはずだ。睡眠薬を飲まされるまでの間、どれくらいの時間があったのかは、分からないが、その間は、目を開けていたし、耳も聞こえていたはずだ。その間のことで、何か覚えていることは、なかったのかね?」

「今、警部がいわれた通りのことを、彼女にいってみたんですが、誘拐されたあと何か薬をかがされて、気を失ってしまっていたと、いうんですよ。その後はずっと、眠らされていたから、何も覚えていないと、いっています」

「その間、君たち二人は、恵の顔を、見ていたんだろう?」

「それで、彼女の表情から、何か、分からなかったのか？」

「見ていました」

「彼女は、もしかしたら、ウソをついているのかもしれません。しかし、いくら考えても、彼女が、われわれにウソをつかなければならない理由が、見つからないのですよ。それに、誘拐された瞬間には、どうしても、恐怖がありますから、何も覚えていないというケースがあっても、不思議はありません。それを考えると、彼女が、われわれに対して、ウソをついているようには、とても、思えませんでした」

と、三田村が、いった。

「宇垣新太郎の経営している、宇垣電子が年商二百億円というのは、本当なのかね？」

十津川が、きくと、北条早苗が、

「ウソをいっているのかもしれないと、考えたので、調べてみました。税務署に行って、宇垣電子の税金の申告書を見せてもらったのです」

「それで？」

「その写しを、もらってきましたので、見てください」

早苗が、宇垣電子の去年の納税申告書の写しを、十津川に、見せた。

十津川は亀井と一緒に、納税申告書の写しに目を通した。

「たしかに、去年は黒字で、年商二百億円とありますね。本当のようですね」

亀井が、感心したように、いった。

しかし、十津川は、なぜか黙って、納税申告書の写しを、見ながら、考え込んでいた。

一つの数字を、食い入るように、見つめているのである。

「警部、どうされたんですか？」

亀井が、きく。

「ここには、宇垣電子の、去年の純利益が、書いてある。その数字は、身代金と同じ二十億円だ」

と、十津川が、いった。

「たしかに警部のおっしゃる通りですが、単なる偶然かもしれませんよ」

と、亀井が、いった。

「偶然？」

オウム返しにいって、十津川は、亀井を見た。

「つまり、犯人が、要求した身代金と、宇垣電子の去年の純利益が同じ二十億円だからおかしいと、警部は、思われているんでしょう？」

「その通りだ」

「しかし、偶然ということも、あるんじゃないですか？　犯人は、相手が、宇垣電子の社長なら、二十億円ぐらいの身代金を要求しても、簡単に払えるだろうと、考えて、たまたま二十億円を、要求したのだと、私は、思いますが」

「横浜と、松江のケースも調べてみよう。何か分かるかもしれないぞ」

十津川が、いった。

十津川は、まず、神奈川県警の広田警部に、電話をかけた。それに倣って、亀井は、島根県警の小西警部に、電話した。

その結果が報告されたのは、翌日になってからである。

十津川の推測は、見事に的中していた。

まず、横浜で起きた誘拐事件だが、誘拐された、五歳の女の子の両親は、横浜駅近くの商店街で一番といわれる、ブランド製品の輸入販売の店をやっていた。その会社の去年の純利益は六億四千万円で、犯人が要求した身代金の金額と、見事に一致したのである。

さらに、今回、松江で起きた誘拐事件だが、島根県警の小西警部からの報告によれば、池内夫妻が成功させた観光会社の去年の純利益は、身代金と全く同じ三億六千万円だったという。

早速、十津川は、三上本部長に、この事実を報告した。

「どうやら、三件の誘拐事件の共通点らしきものが、見つかりました。東京、横浜、松江で起きた誘拐事件で、犯人が要求した身代金の金額は、被害者が経営している会社の去年の純利益に一致しています」

それを聞いて、三上本部長の目の色が変わった。

「それは、本当なのかね？」

「東京は私たちが、横浜と松江は、それぞれの県警本部に調べてもらいましたから、間違いないと思います。犯人は、三つの事件について、それぞれ、被害者の会社の前年の純利益を知っていて、それと同じ金額を、身代金として要求しています」

「そうすると、犯人は同一人物、あるいは、同一のグループということになるのかね？」

と、三上がきく。

「その可能性もあります。しかし、別人かもしれません」

「しかし、前年の利益を要求したことに、どんな意味があるのかね？　なぜ、犯人は、その金額を、要求したのかね？」

「それは、まだ分かりません。理由が分かれば、犯人に、近づけるかもしれません。ですから、私としては、その点を調べたいと思っています」

と、十津川が、いった。

4

翌日、十津川は亀井と、宇垣電子の本社に、社長の宇垣新太郎を訪ねた。

「今回の誘拐事件について、一つだけ、分かったことがあります」

と、十津川が、いった。

「何が分かったのですか？　身代金は、返ってきそうですか？」

と、宇垣がきく。

「身代金の二十億円ですが、こちらで調べたところ、去年の宇垣電子の純利益と一致することが、分かりました。おたくの会社は年商が二百億円で、そのうち純利益を二十億円と、計上していますが、それと同じ金額を、犯人は、身代金として、あなたに要求したんですよ」

十津川は、勢い込んでいったのだが、宇垣の反応は、鈍いものだった。

宇垣は、あっさりと、

「しかし、それは、犯人が前もって、ウチの会社のことを調べていて、去年の純利益が二十億円だったから、二十億円なら払うだろうと計算して、身代金として要求した。ただ単に、それだけのことじゃありませんか？」

「実は、横浜と松江でも続けて、誘拐事件が、起きているのですが、この二件も、犯人が身代金として要求してきた金額は、被害者がやっている会社の、前年の純利益と同じなんですよ。例えば、横浜では、ブランド製品の輸入販売をしている、会社の社長の五歳になる娘さんが誘拐されたのですが、要求された金額は、その会社が去年上げた純利益と同じ六億四千万円です。また、松江の場合も同じで、誘拐されたのは、松江で観光会社をやっている社長の三歳になる一人息子で、要求された身代金は、その会社の去年の純利益と同じ三億六千万円でした。偶然とは、思えません。三件の誘拐事件で、犯人は、被害者のやっている会社の去年の純利益を調べ、その金額を要求しているんです」

十津川が、宇垣の顔を見ると、宇垣は、別に驚いた表情も見せず、

「最近は、とにかく、景気が悪いですからね。誘拐犯も、いくらなら、相手が身代金を払うことができるかを、事前に、ちゃんと調べるんじゃありませんか？　それで、純利益と同じ金額を要求する。誰でも考えることでしょう。松江の誘拐犯も、こちらと同じように、会社の去年の純利益を調べて、その金額を要求したんだと、思いますね。別に不思議でも、何でもありませんよ。ただ単に誘拐犯が用意周到だっただけじゃないかと、思いますがね」

「われわれは、これを、単なる偶然だとは思っていないのです」

十津川は、抗議するように、いった。

「それでは、警察は、どう考えているんですか？」

「短い期間に、三件もの、誘拐事件が発生しました。東京だけで起きたのではありません。つづいて横浜、そして、松江です。離れた場所で起きた誘拐事件で、犯人が、わざわざ相手の去年の儲けを調べて、同じ金額を、身代金として要求する。これは、あまりにも不自然です」

「そうすると、具体的にどういうことが、考えられるんですか？」

と、宇垣がきく。

「まず考えられるのは、同一犯による、犯行ではないかということです」

「しかし、東京、横浜、松江と、全く別の場所で起きている、誘拐事件でしょう？　それに、要求された身代金の金額も、違っている。私には、同一人物による、犯行とは、とても思えませんが」

十津川は、一応、逆らわずに、頷いてから、

「三件の犯人が、それぞれ、別人だとしても、それなら、なぜ、全く同じ考えを、持ったのでしょうか？　去年の儲けを調べて、同じ金額を要求したのは、なぜでしょうか？」

「犯人が同一人物なら、すぐにでも逮捕できますか？」

宇垣がきく。

「すぐに、逮捕できるかどうかは、分かりませんが、少なくとも、同一人物なら、捜査がしやすいことは、明らかです」

と、十津川が、答えた。

その時、秘書の安田が、入ってきて、宇垣に向かって、

「M銀行の、支店長さんがいらっしゃっています。融資の件だそうです」

と、いい、宇垣は、

「失礼します」

と、十津川にいって、社長室を出ていった。

宇垣が、席を外してしまったので、十津川と亀井も、捜査本部に帰ることにした。

十津川たちが戻ると、神奈川県警と島根県警の両方から、ファックスが入っていた。

まず、神奈川県警から送られてきたファックスである。

「被害者の両親がやっているブランド製品の輸入販売店に行き、両親に会って、身代金について聞きました。

両親のうち、特に、父親の答えは、こうです。

犯人は、たぶん、どのくらいの金額を要求したら、私たちが、払うだろうかと、計算したんだと思いますね。そこで犯人は、去年の私の会社の純利益を、どこかで調べて、同じ金額を、身代金として、要求したに違いありません。ほかに考えようがありませ

ん」

次は、島根県警から送られてきたファックスである。

「本日、池内夫妻が、経営している池内観光という会社に行ってきました。社長の池内に会い、身代金について聞いてみました。池内社長の答えは、こうでした。最近は、景気が悪いので、犯人は、計算したんじゃありませんかね。あまり高額な身代金を要求すると、相手は払えずに、警察に任せてしまう恐れがある。そうなれば、一円の身代金も取れないし、自分の身も、危うくなってくる。そこで、ずる賢く、私のやっている観光会社の、去年の純利益を調べて、その金額を、要求してきたのだと思います。たぶん、その金額なら、払うだろうと、計算したのではありませんか？」

これが、島根県警からのファックスにあった回答だった。

その二通のファックスを、三上本部長に見せ、再度、捜査会議を開いてもらうことにした。

その席上、二通のファックスが、集まった刑事たちに回覧された。

「問題は、この回答を、どう読むかだな」

三上本部長が、刑事たちの顔を、ゆっくりと、見回した。

「回答がよく似ています。というよりも、ほとんど同じです」

と、いったのは、西本刑事だった。

「納得は、できます。誘拐犯が、いちばん気にするのは、身代金を、いくら要求したら、相手が、あっさり払ってくれるかということだと思うのです。少なすぎては、誘拐した意味がないし、あまりにも高額で、拒否されても、意味がなくなります。だからその金額をあれこれ考えるのは、当然のことだと思います。ですから、要求された金額が、少しばかり半端でも、去年の純利益と同じだとすると、よく考えていると思いますね」

三上は、刑事たちの顔を見回しながら、今度は、

「この結果から、犯人は、同一人物だと思うかね？」

と、きいた。

この問いに対しては刑事たちの意見は一致しなかった。賛否を問うと、同一人物だと

いう刑事、別の犯人だという刑事の比率が半々になった。

十津川は、この時、全く別の考えを、持っていたのだが、それは、捜査会議では口にしなかった。口にすれば、おそらく、三上本部長が、反対するだろうと思ったからである。

捜査会議が終わった後で、十津川は、その考えを、亀井に話した。

「これは、私の勝手な、推理なんだが、ひょっとすると、犯人と被害者とは、知り合いではないかと思うんだよ」

十津川が、いった。

「三件ともですか？」

亀井が、きく。

「ああ、そうだ」

「可能性はあると思いますが、それは、少しばかり乱暴な推理では、ありませんか？」

と、亀井が、いった。

「私は、捜査会議の間ずっと、犯人と被害者との関係を考えていたんだ。もちろん、犯人が、相手の払えるであろう金額を、調べて要求したということは、容易に考えられる。

しかし、三件ともというのは、あまりにも不自然じゃないか。なぜ、こんなことが起きたのか、なぜ、犯人が、妙に優しく、相手の去年の儲けを調べて、その金額を要求したのか、それが、どうにも、理解できなかった。普通の誘拐ならば、もっと大きな金額を、要求するはずだよ。年収が、五、六千万円だとしても、私が誘拐犯なら、バーンと三億円、四億円を要求するよ。しかし、犯人はそうしなかった。なぜか？　まず、考えられるのは、同一犯ということだよ。しかし、二番目の横浜の事件では、犯人は、女性だったし、同一犯ということは、少しばかり考えにくい。だから、ほかの理由で、こんな奇妙な誘拐事件が、起こる可能性があるかどうかを、考えてみたんだよ。そこで、犯人と被害者が、もともと顔見知りだったのではないか？　そんなふうに考えてみた。それなら、犯人は、相手のことをよく知っていてもおかしくない。松江で起きた、今度の誘拐事件を、例に挙げてみよう。犯人は、三歳の男の子を誘拐した。問題は身代金だ。もし、犯人が、人質の両親のことを、よく知っているとする。それなら、両親の性格も、よく分かっている。つまり、去年の儲けぐらいの金額を要求しても、必ず払うだろう。しかし、四千万円を上積みして、四億円を要求したら、払いきれない、いや、払わない性格だと分かっていれば、犯人は、四億円ではなくて、三億六千万円を、要求する。ほかの誘拐事件も、同じなのではないかと、考えたんだよ」

「なるほど」

亀井は、うなずいたが、十津川の推理には、すぐには賛成しなかった。

「正直に申し上げて、今の警部の話には、納得できない部分があります」

「どこが、納得できないんだ？　ぜひ、それが聞きたいね」

「警部がいわれたように、犯人が、被害者のことをよく知っていたとします。そうなれば、誘拐された家族のほうも、犯人を、知っていることになります。それなら、どうして、犯人について警察にいわなかったんでしょうか？　何しろ、数億円、あるいは、二十億円もの、身代金を取られた人間なんです。当然、犯人に関して知っていることが、少しでもあれば、警察に話そうとするのが普通じゃありませんか？　ところが、三件とも被害者は何もいっていません。私には、そこのところが、どうにも分からないのです」

と、亀井が、いった。

「それでは、カメさんは、私の考えに反対か？」

「いや、反対というわけでは、ありません。警部の考えは、面白いと思います。それが的中していれば、捜査は大きく前進するでしょう。しかし、今も申し上げたように、犯人が、誘拐した家族のことを、知っているのなら、同じように、家族のほうも、犯人を知っているわけですが、今回の被害者を見ていると、そのようには、どうしても思えないのです。警部の推理は面白いと思いながらも、申し訳ありませんが、全面的には、賛成できません。下手をすると、捜査が、混乱してしまうかもしれません」

亀井が、遠慮のないところを、ズバリと、いった。

「たしかに、今、カメさんのいった疑問点は、私の中にも残っている」

「もう一ついいですか？」

亀井は、断ってから、こんなことをいった。

「もし、警部の推理が当たっているとすれば、被害者を調べていけば、必ず犯人に行きつくはずです。どうでしょう、明日から二日使って、もう一度、被害者を調べてみようじゃありませんか？　警部の考えが正しければ、犯人が、自然に浮かび上がってくるはずです」

十津川も、亀井のいう捜査をやってみる気になった。

しかし、これは、捜査方針を、変えることになる。そこで、十津川が、三上本部長に、相談すると、三上は、もう一度捜査会議を開いた。

その席上で、十津川に、自分の考えを説明させてから、三上本部長は、

「私は、今の、十津川警部の意見には反対だ。ただ、十津川警部の考えが正しければ、犯人にたどり着ける可能性がないとはいえない。そこで私は、明日から二日間、十津川警部の考えに沿って、捜査を、進めてみようと思っている。しかし、ある意味、大変危険な捜査になることを考慮してほしい。なぜなら、家族を誘拐され、無事に帰ってきたものの、多額の身代金を、犯人に強奪されている、その被害者の知人を疑うわけだからね。注意していても、被害者を傷つけてしまう恐れがあるから、その点を十分に配慮してほしいのだ。もし、被害者を一人でも傷つけてしまったら、間違いなくマスコミに叩かれる。当然、警察の威信にも傷がつく。くどいようだが、その点には、十分に気をつけて、明日から二日間がんばってほしい」

三上本部長の言葉に続けて、十津川はもう一度、刑事たちに、自分の考えを説明し直した。

「今、三上本部長のいわれたことだが、被害者を傷つけてしまう危険は、十分にある。どんなに注意しても、すでに傷ついている被害者を調べるわけだから、相手をさらに傷

つけたり、怒らせたりすることは、どうしたって起こるだろう。だから、それをなるべく小さくしてほしいのだ。では、明日から、今回の被害者である宇垣夫妻と、その周辺について、調べることにする。何回も繰り返すが、被害者の心情を考慮して、行動してほしい」

5

翌日、刑事たちに、宇垣電子自体を調べるように命じておいてから、十津川は亀井と二人で、宇垣夫妻の自宅を訪ねた。

表向きは、あくまでも、警察の、現在の捜査状況と、二十億円の身代金を、いつ頃になれば、取り戻せるのかの見込みを説明するためということにした。

十津川が、前もって、電話をしておいたので、宇垣は、会社には行かず、自宅で待っていた。

まず、十津川が、宇垣夫妻に、最新の捜査状況の説明をした。もちろん宇垣夫妻が、犯人と知り合いであるかもしれないという、十津川の考えは、口にしなかった。

「まず最初に、宇垣さんに、お詫びをしなくてはなりません」

十津川が、丁寧な口調で、いった。

「何でしょうか?」

「われわれは、鋭意、誘拐犯を、探しているのですが、残念ながら、いまだに容疑者は浮かんでおりませんし、二十億円の身代金の奪還も、ままなりません。もし、犯人が、ほんの少しでも身代金を使ってくれれば、そこから足がついて、犯人の逮捕に向かえるのですが、犯人は自重していて、二十億円の身代金を、少しも、使おうとしないのです」

「どうして、犯人は、せっかく手に入れた身代金を、使おうとしないのでしょうか?」

と、宇垣がきく。

「考えられるのは、使ったことで、自分の身元がバレることを、恐れているのではないかということです。犯人が貧しければ、多額の金を使うことで、周囲の眼を引いてしまいます。こうなると、犯人が金を使うことを、辛抱強く、待つより仕方がありません」

「すると、犯人の逮捕には、時間が、かかりそうですか?」

宇垣恵が、きいた。

「今も申し上げたように、犯人が金に困っていれば、間違いなく、身代金を使い始めると思うのです。われわれは、辛抱強く待っているのです。その時でも、犯人は東京では、使わないでしょう。東京から離れた場所で使うはずです。そこで、全国の道府県警本部に連絡して、少しでも、おかしな金の使い方をする人間がいたら、すぐに、知らせてくれるように頼んであります」

「ほかに何か、犯人について、分かったことがありますか？」

と、宇垣がきく。

「東京で、誘拐事件が起きた後、横浜と松江で続けて、誘拐事件が発生しています。同一犯ではないかという意見が、警察の内部に、生まれていますが、私は、まだそうとは断定していません。断定してしまうと、捜査の方向が、間違ったところに、行ってしまう恐れが、あるからです」

「はっきりいわせてもらいますと、まだ、何も分かっていないという、そんな状況ですか？」

「たしかに眼に見える収穫は、まだありません。ただ、こうした事件では、突然、捜査が進むことがありますから、しばらくの間、辛抱強く、それを、お待ち願いたいと思います」

十津川は、夫妻の顔を見て、いった。

第三章　群馬県安中市

1

十津川が、三上本部長に、一つの提案をした。

「横浜と松江でも、われわれが今、捜査をしている事件と同じような、誘拐事件が起きています」

「それは知っている」

「ですから、この際、この二つの誘拐事件の担当者を、東京に呼んで、徹底的に話し合いをしたいのです。それを許可していただけませんか？」

「理由は？」

と、三上がきく。

「東京で起きた誘拐事件ですが、残念ながら、一向に、解決の目途が、立ちません。犯人の足取りも、つかめませんし、二十億円の身代金も奪われたままで、取り返すことが、できないでいます」

「それは、君たちが無能だからだろう？」

三上は、いつものように、皮肉をいった後で、

「ほかの県警が調べている誘拐事件にまで、首を突っ込んだら、余計、身動きが、取れなくなるんじゃないのかね？　私は、逆効果だと思うがね」

「実は、東京と横浜と松江、三ヵ所で発生した、三つの誘拐事件には、共通点があるような気がするのです。ですから、その点について、話し合ってみたいのです」

「それで、神奈川と島根の県警は、どういっているんだ？」

「担当者に、先ほど電話をかけて、聞いたところ、向こうも、捜査に、進展がなくて困っているようです。もし、三つの誘拐事件の共通点が発見できるならば、ぜひ、それを徹底的に、話し合いたい。両県警とも、そういっています」

「それは、間違いないのかね？」

「間違いありません。ですから、こうして、本部長にお願いしているのです」

「分かった。それなら、話し合っても構わないが、そのために、かえって、捜査が遅れたり、問題が起きたりした時には、君に、責任を取ってもらうが、いいだろうね？」

と、三上が、いい、

「分かっています。もちろん、責任は取ります」

と、十津川が、答えた。

改めて警視庁から、三上本部長の名前で、神奈川県警と、島根県警への呼びかけが行われ、翌日、神奈川県警から広田警部、島根県警から小西警部が、急遽上京して、十津川、亀井を交えた四人で、今回の誘拐事件についての、話し合いが行われた。

亀井刑事が、東京で起きた誘拐事件についての関係書類や写真などを用意して、広田警部と小西警部に渡した。

二人の警部が、資料に目を通すのを待って、十津川が、発言した。

「東京で起きた誘拐事件で、私が疑問に思っていることを、まず列挙いたします。その第一は、二十億円という、日本の犯罪史上最も高額な身代金だと思われるのに、いとも簡単に、犯人に奪い去られてしまったことです。第二は、犯人が、一向に尻尾を出さないことです。今回の誘拐事件で、犯人が、単独犯なのか、複数犯なのかは、分かりませんが、犯人が十人いたとしても、奪った身代金は、二十億円ですから、一人当たり二億円に、なります。これでも、かなりの大金です。それに、五月十日に、誘拐事件が発生してから、すでに一ヵ月以上が、経過しています。今までの誘拐事件を見てみると、金額が、高額であればあるほど、犯人は、一ヵ月もすれば、手に入れた身代金を、使い始めます。今回も、犯人が必ず使い始めるだろうと、考えているのですが、今のところ、全くその動きは、ありません。これが第二の疑問です。さらに、第三の疑問は、被害者の様子です。顔を合わせれば、一刻も早く、身代金の二十億円を、取り戻してほしいと、いうのですが、それにあまり真剣さを感じないのです。被害者は、宇垣電子という、大きな会社を経営していて、業績も順調です。しかし、それでも二十億円という大金を、犯人に奪われたのですから、そのことで社長が困惑していても、不思議ではないのですが、われわれが、密かに、宇垣電子の社員たちに会って、聞いたところでは、社長は、いつもの通り元気で、困っている様子は全くないと、異口同音に話をしてくれるのです。最後に、第四の疑問ですが、これは、被害者夫妻が、次の事件に対して、あまり警戒心を持っていないように、見えることです。何しろ、東京の場合は、三十二歳の宇垣恵が誘拐されました。当然、宇垣夫妻は、また同じように、夫妻のどちらかが、誘拐されるのではないかという不安があっても、おかしくないはずです。それなのにそうした不安が全く感じられないのです。まるで、一度誘拐事件に遭ったのだから、二度と、誘拐されることはないはずだと考えているとしか思えないのです。宇垣電子には、顧問弁護士がいるのですが、その顧問弁護士に話を聞いても、宇垣夫妻が、再度の誘拐を恐れているようには見えないと、いうのです。この四点が、今回の誘拐事件で、私が、疑問に思っている点です」

2

十津川の次に、神奈川県警の広田警部が、口を開いた。

「横浜で起きた誘拐事件は、身代金が六億四千万円です。この金額については、東京の二十億円に比べれば、約三分の一ですが、それでも、六億四千万円は、誘拐事件の身代金としては、大変な金額です。今、十津川さんがいわれたように、六億四千万円の身代金が、こちらでも、東京の場合と同じように、いとも簡単に、犯人に、奪われてしまっています。こちらの被害者は、横浜の商店街で、小柴商会という会社を、経営していて、事業は、すこぶる順調にいっていると、前から聞いていました。それでも、六億四千万円は、大金なのに、東京の場合と同じように、大金を奪われて、弱ったという様子は、見られません。身代金の六億四千万円が、前年度の、小柴商会の純利益と同じ額なので、われわれは、どこかで、犯人は小柴夫妻とつながっているのではないかと、考えました。それで、夫妻に会うごとに、知り合いの中に、金に困っていて、何かというと、借金を申し込むような人間に心当たりはないかと聞いているのですが、一向に、それらしい人物の名前を、教えてくれないのです。友人、あるいは、知人の中に、こんなバカなことをするような悪人はいないと、夫の小柴英明は、いい切っていますが、こちらから見れば、非協力的な、態度といわざるを得ません。今回の誘拐事件で、誘拐されたのは、五歳のさくらという娘で、小柴夫妻にとっては、一人娘ということに、なります。当然、今回の事件の後では、娘さんのことを心配し、護衛をつけたり、あるいは、両親のどちらかが、幼稚園の送り迎えをするようになるのではないかと、考えていたのですが、東京と同じように、警戒を強めるとか、ボディガードを雇うといったような気配は、全く、ありません」

最後に、島根県警の小西警部が、今回の誘拐事件に対する自分の考えを口にした。

「松江で起きた誘拐事件の身代金は、三つの誘拐事件の中では、最も少額の、三億六千万円ですが、松江という町で起きた誘拐事件としては、かなりの高額です。その身代金が、簡単に、奪われてしまったことについては、私の場合は、別に、疑問は持ちません。何しろ、誘拐されたのは三歳の男の子で、両親は、身代金などいくら払ってもいいから、子供を無事に、取り返してほしい。それればかり、いっていたので、われわれは、身代金の受け渡しについては、全く、動けずにいたんです。ですから、身代金が、簡単に奪われたとしても、それについて、県警は、全く、疑問を持っておりません。また、犯人が、手に入れた身代金を使う気配がないことについても、まだ身代金が奪われて間がないので、不思議とは考えておりません。誘拐された三歳の男の子ですが、今までは、保育園に預けていたが、今後は、保育園には預けない。その代わりに、ベビーシッターの女性を新たに雇って、自宅で育てることにしたと、両親が、いっているので、この件でも、さほど違和感は、ありません。三歳の男の子を誘拐されたのですから、このくらいのことを、考えるのは、むしろ当然だと思います。問題は、被害者の池内夫妻が、われわれに協力的かどうかということに、なりますが、正直にいえば、協力的とはいえません。

われわれは、ひょっとすると、犯人は、被害者の池内夫妻の知り合いの中にいるのではないかと考えて、再三にわたって、池内夫妻には、これはと思える人物について、名前を挙げてほしいと、いっているのですが、今のところ、夫妻は、こちらの要望に応えてはいません。それについて、こちらが、もう少し、協力的になってほしいというと、池内夫妻は、こう反論するんです。今まで、自分たちが付き合っていた友人や知人の中に、そんな悪いことをするような人間は、絶対に、いない。その一点張りです」

3

二人の警部の話を、聞き終わると、再び、十津川が、いった。

「三つの誘拐事件について、共通点があるとすると、まず、身代金の金額ですが、このことは、後で、もう一度考えましょう。もう一つの共通点は、被害者側が、警察に対して、非協力的だということが、あります。これについて検討してみたいと思います」

神奈川県警の広田警部が、いう。

「たしかに、非協力的なことは、間違いありません。まんまと、身代金を奪われてしまったので、警察を信用しないのかと思いましたが、必ずしもそうではありませんね。また一刻も早く、身代金を取り返してほしいといいますが、そのいい方に、切羽詰まったところは、ありません。また、それについて、われわれが、文句をいわれたことは、一度も、ありません」

続いて、島根県警の小西警部が、

「その点では、全く、同感です。奪われた身代金のことについて、早く取り返してほしいとはいいますが、担当の刑事が、被害者から嫌味をいわれたことは、全くありません。もっといえば、無関心に見えるんですよ」

「無関心といえば、別のことへの無関心もありますよ」

と、十津川が、いった。

「身近な人間の中に、気になる人間がいたらぜひ教えてほしいといっても、被害者の宇垣夫妻は、そんな知り合いは、全くいないの一点張りです。この件こそ、私には、完全な無関心に見えるのですがね」

その点について、広田と小西の二人は、同じことを、口にした。

たしかに、その点、非協力的なので、困っているが、犯人が、被害者の知り合いの中に、いる証拠はないので、強くいうことが、できないと、二人とも、いった。

「三つの誘拐事件は、ひょっとすると、犯人が、同一人物、あるいは、同一グループかもしれません。もし、同一人物、あるいは、同一のグループと分かれば、捜査が進展すると思うのですが、この点についての、お二人の意見を、お聞きしたい」

と、十津川が、いった。

「十津川さんのいわれるように、三つの事件には、似ているところがあります。それを考えると、犯人は、同一人物、あるいは、同一のグループの可能性も否定できません。そうかといって、その証拠は何もありません。そこで、同一人物、あるいは、同一グループの線から、捜査してみたいと、考えています」

と、広田警部が、いった。

「私は犯人よりも、三つの事件の、被害者のほうに、何か共通点があるのではないかと、考えています」

と、いったのは、島根県警の小西警部だった。

「しかし、年齢が違い、住んでいる場所も違います。それに、仕事も違いますよ」

と、広田が、いう。

「たしかにそうですが、それでも、気になるんですよ。どこかで、三人は、繋がっているのではないか？　そんな気がして、仕方がないのです」

小西警部は、さらに続けて、

「この三件の誘拐事件に対する、それぞれの被害者の、態度ですが、何となく、似ているような気がして、仕方がないのです」

「どんな点が似ていると思うんですか？」

と、十津川が、きいた。

「例えば、犯人に、身代金を奪われたのに、平然としています。また、早く身代金を取り返してほしいと、警察に要求しているにもかかわらず、それほど、切羽詰まった感じがないところも共通しています。そんなところが、三件の事件の被害者が似ているような気がするのです」

「そういわれると、たしかに、そうですね。私も気になってきました。お互いに被害者について徹底的に調べて、どんな共通点があるか考えてみましょう」

広田もうなずいて、最後には三人の意見が一致した。

十津川は、部下の刑事たちに更に詳しく、被害者の宇垣夫妻について調べるように指示し、広田警部と小西警部も、それぞれ、横浜と松江の捜査本部に電話をかけ、被害者について調べ、分かったことがあれば、すぐに、知らせるように指示した。

その間、一時休憩とし、亀井刑事が、コーヒーを淹れて、三人の警部に、配った。

二時間ほどして、会議が再開されたが、それまでに、横浜と松江では、誘拐事件の被害者の背後関係調査を進め、その報告が、それぞれ広田と小西のところに、送られてきていた。

島根県警の小西警部が、そのメモを見ながら、報告した。

「松江の池内夫妻は、観光関係の会社を、経営していますが、夫の池内清志、四十歳の身元は、こう、なっています。彼は、松江の生まれではなくて、群馬県の安中市に生まれています。高校時代から旅行が好きで、高校を卒業するとすぐ、全国旅行に出かけています。その中で、松江が気に入ったのか、腰を落ち着けて、松江市内で、アルバイトを始めています。三十歳を過ぎた頃、同じく、松江市内に住む十歳年下の美由紀と知り合い、結婚しています。そのあと、松江市内で観光会社を始め、成功しています。これが、簡単な被害者夫妻の経歴です」

4

次は、神奈川県警の広田である。

「被害者夫妻は、横浜の商店街で、小柴商会という、ブランド製品の輸入販売の店を始めて、大成功しています。夫の小柴英明も、妻の仁美も、横浜で生まれ育っています。小柴英明の父親は、横浜の商店街で、同じような商売をやっていましたが、当時は店構えも小さく、儲けも、さほどなかったようで、小柴英明は、両親が、商売に苦労していた話を、時々するそうです。その両親は、すでに亡くなっています。これが、小柴夫妻の、簡単な経歴です」

最後に、十津川が、宇垣夫妻について、部下の刑事たちが、調べたことを説明した。

「宇垣新太郎は、宇垣電子というベンチャービジネスを、大きくして、成功しました。同年齢の妻がいたのですが、病死したため、二十歳以上も若い恵と、再婚しています。彼女は、神奈川県茅ケ崎市の出身で、二人のなれそめは、宇垣の友人の紹介によるものです。それに、横浜の小柴英明と同じようなところがあって、宇垣新太郎の父親は、宇垣電気という、町工場を経営していて、今の宇垣電子に比べれば、はるかに規模の小さい町工場ですが、宇垣新太郎は、二代目の、電気屋ということができます。宇垣新太郎の両親は、すでに、死亡しています」

次に、十津川は、広田警部に向かって、

「そちらの、小柴英明の父親も、亡くなっていると聞きましたが、その父親についても、調べてみませんか。私は、宇垣新太郎の父親についても、詳しく調べるように、部下に指示するつもりです」

広田警部は、首を傾げて、

「しかし、横浜でも、実際に娘の身代金を支払ったのは、小柴英明夫妻で、小柴英明の父親ではありませんよ。それでも、小柴英明の父親が、何か関係しているんでしょうか？」

「関係しているかどうかは、分かりませんが、私は、調べたほうが、いいような気がしているのです。三つの誘拐事件の被害者たちの中に、共通点があるかもしれない。そういう、疑問が出ているところです。もしかすると、共通点というのが、被害者同士ではなくて、その親同士にあるかもしれませんから、念のため、調べてみる価値はあると思いますね」

　と、十津川が、いった。

　更に、一時間かけて、東京と横浜で、被害者や、その両親まで調べることになった。

　その結果に、三人の警部の顔色が変わった。ようやく三つの誘拐事件について手掛かりらしきものを発見したからである。

　まず、広田警部が、顔を紅潮させて、いった。

「大変面白く、なおかつ、重要な事実が判明しました。今回の誘拐事件の被害者、小柴英明は、横浜の生まれですが、父親の小柴英一は、横浜の生まれではなくて、群馬県の安中市で生まれています。松江の池内清志と同じ、安中市なんですよ」

　それに続けて、十津川も、興奮をかくさずにいった。

「こちらでも誘拐事件の被害者、宇垣新太郎の父親、宇垣辰之助までは東京の人間ですが更にその父親、新太郎の祖父、徳太郎は、群馬県の安中市で、生まれていることが、分かりました。この祖父は若い時に上京し、下町で町工場を始めているのです」

　三つの誘拐事件の被害者の間に、共通点が発見されたのである。それは、群馬県の安中市という地名だった。大ざっぱにいえば、三つの家族が安中市出身ということになる。

ただ、冷静に見て、それがはたして、共通点といえるかどうかは、まだ分からなかった。小柴英明、宇垣新太郎の二人は、ともに横浜と東京に、生まれ育っていて、群馬県の安中市とは、関係はないともいえるからである。

群馬県の安中市に生まれているのは、この二人の父親と祖父である。

「問題は」

と、広田警部が、いった。

「群馬県安中市という、共通点は見つかりましたが、その共通点が、はたして、今回の誘拐事件と結びつくかどうかですね。今のところは、安中市と、誘拐事件を結びつけるものは、見当たりませんよ」

「その点は、私も、広田警部に同感です」

十津川が、いった。

「横浜と東京の場合、父親と祖父が、それぞれ安中市の生まれですが、しかし、どちらも東京と横浜に出てきて始めた事業は、必ずしも成功したとはいえませんね。東京の宇垣新太郎の祖父、宇垣徳太郎の場合、彼がやっていたのは、下町の小さな町工場ですからね。その時に、誘拐犯がいたとしても、町工場の主の子供を、誘拐しようとは、思わないでしょう」

広田警部も、うなずいて、

「横浜の場合も、同じです。小柴英明の父親、小柴英一は、横浜で小さな商店をやっていましたが、当時の年商といえば、せいぜい百万単位の、わずかなものだったそうですから、今、十津川さんがいわれたように、この父親の家族を、誘拐しようと考える、バカな犯人は、まずいなかったでしょうね」

と、いった。

5

群馬県安中市で生まれた三人について、詳しいデータが、送られてきて、東京の捜査本部に、三人の名前が、張り出された。

一人目は、東京の宇垣新太郎の祖父、宇垣徳太郎である。

二人目は、横浜の小柴英明の父親、小柴英一である。

そして三人目は、松江の誘拐事件の当事者である池内清志本人の名前である。

三人とも、時代は違うが、若い時に郷里の安中を出ている。青雲の志を抱いてである。

調べてみると、一人目の宇垣徳太郎は、郷里の安中の学校を卒業すると同時に、上京しているのだが、

「あれだけグレていて、よく卒業できたものだ」

と、今でも、いわれるらしい。

つまり、十代の宇垣徳太郎は、郷里の安中でも有名な、かなりのワルだったということである。

それでも、学校の教師や周囲の友人たちの優しい、いたわりのおかげで、何とか無事に卒業することができたらしい。

二人目の小柴英一も、これと似たようなものだったらしい。高校は、スムーズに卒業したが、その後、郷里の安中で、水商売の世界に入った。二十歳の時には、安中市内のバーで、バーテンとして働いていたが、客と大ゲンカして、重傷を負わせてしまい、逮捕された。

それでも小柴英一の場合も、彼の周りの人間が、弁護士を紹介してくれたり、重傷を負った相手の治療代を、払ってくれる人がいたりして、何とか、刑務所に行かずに済み、

そのまま、郷里の安中から逃げ出したというのである。

三人目の池内清志の場合は、二人に比べればまだいいほうで、高校時代も、別にワルというわけではなくて、とにかく、旅行好きだった。

ただ、家が貧しかったので、簡単に旅行に行くことはできなかった。資産家の叔父がいて、高校を卒業した後、その叔父を半ば脅かして、まとまった金をもらい、旅行に出たのである。

そして、松江で落ち着き、そこで結婚して、観光会社を立ち上げた。

「池内清志の場合は、本人の努力で、観光会社を、経営して成功していますが、ほかの二人、宇垣徳太郎と小柴英一の場合は、死ぬまで貧乏だったようです。ただ郷里の人間にいわせると、その孫と息子は優秀だと評判だそうです。祖父と父親は、郷里に迷惑をかけっぱなしだが、それぞれ孫と息子は事業に成功していますから、トンビがタカを生んだみたいにいわれても、仕方がないでしょう」

「問題は」

と、広田警部が、いった。

「東京と横浜では、当事者の祖父と父親が、同じ群馬県の安中の生まれであることが、分かりましたが、そのことが、今回の誘拐事件にどう繋がっているのかが、問題になります。関係がなければ、安中の生まれだという共通点は、単なる偶然の一致で、何の意味もないことになってしまいます」

「私は、この祖父と父親は、今回の誘拐事件とは、関係がないように思いますね」

と、いったのは、小西警部だった。

彼が、言葉を続けた。

「宇垣徳太郎も、小柴英一も、死ぬまでに、大したことはやっていません。宇垣徳太郎の場合は、あまり儲からない、小さな町工場を、経営していただけです。小柴英一も、最後まで小さな商店を経営することしか、できませんでした。もし、孫と息子が事業に成功していなければ、誘拐事件なんか、起きなかったと思いますね。そう考えると、この祖父と父親は、今回の誘拐事件とは、別に関係はないんじゃありませんか？」

「十津川さんは、どう思われますか？」

広田警部が、きく。

「私も、小西警部に同感です。東京の場合、宇垣新太郎の祖父の宇垣徳太郎は、郷里の安中では、ワルだったといっても、いいと思います。彼は、上京した後で結婚して、宇垣辰之助が生まれ、更に孫の宇垣新太郎が生まれました。今回、誘拐されたのは、この新太郎の妻ですから、上京後、下町の町工場の主で、終わってしまった宇垣徳太郎は、今回の誘拐事件とは、何の関係も、ありませんね。それでも、群馬県の安中市の生まれという共通点は、簡単には、無視することはできないような気がするのです。もし、今回の誘拐事件の犯人が、同一人物だとすれば、犯人が、被害者たちを狙ったのは、おそらく、三人が、群馬県の安中市の生まれという共通点を、持っているからではないかと、考えてしまいます」

「しかし」

と、広田警部が、いう。

「三人が、群馬県安中市の生まれだということが、はたして、今回の誘拐事件に関係があるでしょうか？　この三人が、安中市で、資産家だったり、著名人だったり、あるいは、安中市長、助役といった、名士だったとすれば、問題になりますが、三人とも安中市では、ほとんど無名の人ですよ。そう考えると、これでは、安中市という共通点は、何の役にも立たないんじゃありませんか？」

「それに」

と、小西警部が続けた。

「宇垣徳太郎も、小柴英一も、すでに、亡くなっていますからね。今でも生きていれば、今回の誘拐事件と、何らかの関係があるという、可能性も考えられなくはないのですが、すでに、二人とも亡くなっているんです。それも、今回の、誘拐事件が起きる、かなり前にです。すでに、死んでしまっている人間が、死後に起きた誘拐事件に関係しているとは、考えにくいのでは、ありませんか？」

このあと、三人とも、話が続かなくなり、黙り込んでしまった。

すぐ、亀井刑事が、三人のために、新しくコーヒーを淹れ、それを、配って廻った。

十津川は、亀井の淹れてくれたコーヒーを口に運びながら、電子辞書を取り出して、安中市という項目を、調べてみた。

そこには、こう書いてあった。

「安中市。群馬県の南西部に位置する市。碓氷(うすい)川と、その支流の流域を占め、北部は丘陵地となっている。高崎(たかさき)市の南西に接する。中心街は、碓氷川の左岸の台地上にある。

板倉氏の城下町で、中山道の宿場町でもある。東部の板鼻も、中山道の宿場町として発展した。現在、安中市には、信越本線と長野新幹線が通っている。信越本線の安中駅南側の丘陵地には、亜鉛の大きな製錬工場があり、カドミウム汚染の公害問題を起こしている。碓氷川右岸には、化学工場があり、工業団地がある。北部には、大規模な秋間梅林があり、南部には磯部温泉がある。同志社大学の創設者、新島襄の出身地。面積二七六・三四平方キロメートル、人口六万二千二百五十三人。長野新幹線には、安中榛名という駅がある」

これが、電子辞書に記載されている安中市の概略である。

人口が六万人以上だというから、関東では、中堅の都市といってもいいだろう。

それに、在来線や新幹線が通っているとすると、将来、発展する条件はそろっているというべきだろう。

十津川は、コーヒーを飲み終わってから、二人に、提案した。

「どうでしょう、近く、安中市に行ってみませんか？　何か、今後の捜査のヒントになるようなものが、見つかるかもしれませんよ」

しかし、十津川の声には、元気がなかった。

安中市に行って、何か、捜査の助けになるようなものが、発見できるかどうか、自信がなかったからである。

十津川の提案した安中行きに、積極的に、賛成したのは、島根県警の小西警部だけだった。

十津川には、小西警部が、安中行きに賛成する理由が、よく分かっていた。三人のうち、池内清志だけが安中市の生まれだからである。それも、四十歳という若さである。安中市に行けば、池内清志のことを知っている人間が、たくさん見つかるだろう。そうした人間から話を聞けば、事件解決のヒントが、つかめるかもしれない。そう思ったからこそ、小西警部は、安中行きに、賛成したのだろう。

安中行きを、決めたところで、四人の捜査会議は、終了することになったのだが、十津川にとっては、収穫があったような、なかったような、中途半端な終わり方になってしまった感じだった。

6

会議が終わって、神奈川県警の広田警部と、島根県警の小西警部に、今夜泊まるホテルを紹介した後、十津川は、亀井と二人だけで、コーヒーを飲みながら、改めて会話を交わした。

「今日の会議ですが、収穫があったと、警部は、お考えですか？」

亀井が、きく。

「正直にいえば、収穫があったとも、なかったとも、判断がつかないね」

十津川が、いう。

「三上本部長から、必ずいわれますよ。わざわざ神奈川県警と島根県警の両方から担当者に来てもらったのに、収穫がないとは、どういうことだっていわれるに決まっていますから、うまく考えておいたほうがいいんじゃありませんか？」

心配げな顔で、亀井が、いう。

「しかし、安中市に行ってみなければ分からないな。もし、安中市で、何か情報なり、ヒントなりを、つかむことができれば、今日の会議に、収穫があったことになる。しかし、安中市で何の発見もなければ、今日の会議は失敗だったことになる」

「その件ですが、被害者の共通点として、安中市が出てきましたが、その安中市が、今回の誘拐事件に関係があるかどうか、簡単に分かる方法が、あるんじゃありませんか」

と、亀井が、いう。

「簡単に分かるって、カメさん、そんなうまい方法が、あるのか？」

「ありますよ」

「どうすればいいんだ？」

「東京の被害者、宇垣新太郎に、安中市に行くことになったが、何か、いいたいことがあれば、今のうちに教えておいて貰いたいといえばいいんです。もし、今回の誘拐事件に、安中という市が、関係しているとすれば、宇垣新太郎は、たぶん、狼狽すると思います。逆に、何の、関係もなければ、彼は平気で、聞き流すに、違いありません」

亀井の言葉で、急に、十津川の顔が、明るくなった。

「そうか、たしかに、カメさんのいう通りかもしれないな」

「それでは、これから、宇垣新太郎に、会いに行きますか？」

「そうだね、電話でいったのでは、相手の顔色が分からない。相手の顔色を見ながら、安中市の名前を出してみよう。向こうが、どんな表情や態度をするか、しっかりと確認したい」

と、十津川が、いった。

すぐに、車を用意して、十津川は亀井と宇垣夫妻の自宅に急いだ。

少しばかり遅い時間だったが、誘拐事件のことで、どうしても、お聞きしたいことがあるからといって、十津川は、この時間の訪問を、強引に承諾させて、宇垣新太郎に会った。

会うなり、宇垣新太郎は、十津川に向かって、

「どうしたんですか？　こんな時間にいらっしゃったところを見ると、もしかして、身代金が、取り戻せたんですか？」

と、きいた。

十津川は、苦笑して、

「身代金は、まだ、取り戻せていません。今回の誘拐事件の解決のために、一時、東京から離れてみることにしました」

「東京から離れることが、事件の解決に役立つんですか？　役立つのならいいが、そうじゃないのなら、時間の無駄だ」

宇垣が、そんなことを、いった。

更に、宇垣は、言葉を続けて、

「警部さんは東京を離れて、どこに、行こうと思っているんですか？」

「われわれが、行こうと思っているのは、群馬県の、安中市です。どうやら、ここに、今回の誘拐事件を解決するための、ヒントがあることが分かったんです。向こうに行って、何か分かったら、すぐに、お知らせします」

と、いいながら、十津川と亀井は、宇垣新太郎の顔色を、うかがった。

「安中ですか」

「そうです。群馬県の、安中市です」

「安中ですか」

同じ言葉を繰り返してから、宇垣新太郎は、急に、黙り込んでしまった。

そんな宇垣の顔を、見つめながら、

「安中に、何か、思い当たるようなことが、おありですか？」

「いや、何もないですよ」

「もし、安中について、少しでも、気になることがあったら、どんなことでも、結構ですから、今のうちに教えておいてください」

十津川は、しつこく何度も、安中という地名を、繰り返した。

「安中に、何しに行くんですか？」

と、宇垣が、きく。

十津川には、宇垣の声が、少し震えているように感じられた。

「今回の誘拐事件について、いろいろと、考えたのですが、どうやら、事件の根が、群馬県の安中に、ありそうだと分かってきたのです。それで、神奈川県警の広田警部や島根県警の小西警部と一緒に、明日、安中に行って、いろいろと、調べてみようということになったんですよ。本当に、何か、おっしゃりたいことは、ありませんか？　どんな小さなことでも、いいんです。もし、あれば、今のうちに、話してください。明朝早く、安中に向かって、出発してしまいますからね」

更に、十津川は、安中の地名を連呼した。

それでも、宇垣は、口をへの字にして、黙ったままである。

十津川の横から、亀井が、

「宇垣さん、さっきから様子が、何となくおかしいですよ。もしかして、安中という地名に、何か思い当たることがあるんじゃありませんか？」

と、なおも、しつこく食い下がると、宇垣は、むっとした顔で、

「いや、何も、ありませんよ。安中という地名を聞いたのは、今日が、初めてですから」

十津川には、宇垣が、やはり、安中という地名に、何らかの関わりを持っているように見えた。

しかし、宇垣が関わっているものが、何なのか、十津川にも亀井にも、想像できないのだ。

「たしか、宇垣さんのお祖父さん、宇垣徳太郎さんは、安中のお生まれでしたね？」

十津川が、ズバリと切り込むと、宇垣は、言葉を失ったかのように、また黙ってしまった。

「こちらで調べたところ、宇垣徳太郎さんは安中生まれ安中育ちで、通っていた地元の学校では、いろいろと問題を起こして、危うく、退学させられるところだったようです

ね。どうにか無事に卒業した後で、東京に出てこられたと、聞いたんですが、本当のことでしょうか？」

と、十津川が、きく。

依然として、宇垣からは、何の返事も戻ってこない。十津川が、安中という地名を口にしてから、宇垣は、やたらに口数が少なくなっているのだ。

「ひょっとして、宇垣家の先祖代々のお墓が、安中にあるんじゃありませんか？　そうなら、お寺の名前を教えていただけませんか？　今回の誘拐事件では、まだお役に立てていませんから、お詫びに、明日、お参りさせていただきたいのですが」

十津川が、いうと、

「そんなものは、ありませんよ」

宇垣は、急に、怒ったような口調になった。

十津川は、あくまで冷静に、

「ない？　そうすると、宇垣さんは、先祖代々のお墓を、安中から東京に移されたんですか？」

宇垣は、ますます不快げな表情になって、

「たしかに、事件のことでは、警察のお世話になっていますが、わが家の墓がどこにあろうと、警察とも、事件の捜査とも関係がないでしょう？　そんなことよりも、一刻も早く、身代金を、取り返してくださいよ」

宇垣の声が、大きくなった。

第四章　安中榛名と安中の間

1

その日、十津川警部たち四人は東京駅で落ち合って、長野新幹線で、問題の安中に向かうことにした。

一行は、東京、横浜、松江で起きた誘拐事件の捜査を、それぞれ指揮している警視庁の十津川と亀井刑事、神奈川県警の広田警部、島根県警の小西警部の四人である。

四人は、東京駅から長野行きの長野新幹線「あさま」に乗った。東京一〇時四四分発の「あさま五一七号」である。東京から終点の長野まで、停車駅は上野、大宮、熊谷、高崎、安中榛名、軽井沢、佐久平、上田、そして、終点の長野である。

十津川たちが行こうとしているのは、その中の高崎の次の停車駅、安中榛名駅である。東京から安中榛名までは、わずか一時間四分の距離である。

十津川たちは、新幹線が東京駅を離れるとすぐに、席を向かい合わせにした。今回の事件について、それぞれが、意見を出し、話し合いながら、安中榛名に向かうつもりにしていたのである。

「時刻表を見てみると、東京から安中榛名まで、わずか、一時間四分しかかかりませんね。まさか、東京から、こんなに近いところだとは思ってもいませんでした。これなら、完全な通学通勤圏といってもいいんじゃないですか」

神奈川県警の広田警部が、感心したように、いった。

「本当ですね。これだけ近いなら、安中榛名は、東京や横浜など、首都圏のベッドタウンとしても、今後、かなり賑わうんじゃありませんか？」

これは、島根県警の小西警部が、いった。

「しかし、今回の事件に関していえば、三人が三人とも、祖父や父、あるいは、自分自身が、安中から、それぞれ、東京や横浜や松江に出てきて、そこで、事業を始めて成功しています。安中から通勤しながら成功しているわけじゃないのです」

十津川がいい、亀井がいい添える形で、

「東京で年商二百億円という企業の社長に、収まっている宇垣新太郎の場合も、今のところ故郷の安中に、工場や事務所を作ろうとはしていません」

「たしかに、そうでしたね」

と、広田警部は、うなずいて、

「安中から東京、あるいは、横浜まで、新幹線を使えば、一時間と少しなのに、今回の事件の当事者は、故郷の安中に住もうとはせず、東京や横浜、あるいは松江に住んで、事業に成功しています。この三人が故郷の安中をどう見ていたのかに、興味がありますね」

「安中について、ちょっとだけですが、調べてみました」

と、小西警部が、いった。

「安中は、同志社大学の創設者として有名な、新島襄の出身地です。それに、産業は、安中市の南側に、大規模な亜鉛の製錬工場があると、書いてあります」

「その亜鉛工場は、たしか、今から三十年か四十年前に、公害問題を引き起こしているんじゃありませんか」

亀井刑事が、いった。

十津川たちが話し合っているうちに、正確に一時間と四分で、十津川たちの乗った長野新幹線「あさま五一七号」は、定刻の一一時四八分、安中榛名駅に到着した。

安中榛名駅は、まだ新しい感じで大きくて、ガランとした駅である。次の駅が軽井沢なのに、賑やかな感じは全くない。

十津川たちが、ホームに降りると、驚いたことに、今の列車から降りたのは、十津川たち四人だけで、ここから乗ってくる客も、一人もなかった。

「私たちのほかに、誰も降りませんね」

広田警部が、ホームを見回しながら、いった。

「たしかに、広田警部のいわれる通りですね。ほかには誰も降りてきませんし、誰も乗ってきませんよ」

小西警部も、苦笑しながら、いった。

どうやら、この駅では、乗客の少なさが問題になりそうである。

ホームがガランとしていたが、駅の構内に降りていっても、状況は、少しも変わらなかった。

派手な看板が出ていたり、駅の中には、食事をするところや、土産物を売っている店も、一応あることはあるのだが、人の気配が、全くしないのである。

四人は、駅の外に出てみた。

駅前は、広大な広場のようになっていた。客待ちをしている何台かのタクシーが目に入ったが、それに乗ろうとする客の姿はない。そもそも、駅の前にも、人が、全く歩いていないのだ。

よく見ると、広大な空き地の一角にだけ、車が固まって、停まっている場所があった。そこだけが無料なのか、あるいは、駐車料金が安いので、車が固まって停まっているのだろう。

「駅前には、悲しくなるぐらい、何もありませんね。ここが、新幹線が停まる駅とは、とても思えません」

と、広田が、いった。

「整地された空き地が、いっぱいありますよ。何の建物も建っていませんね。ただの空き地ですよ」

これは、小西の言葉だった。

空き地の広がる造成地にポツンと立派な駅舎が建っている感じである。

「それにしても、不思議ですね」

と、いったのは、亀井刑事だった。

「いったい、何が不思議なんだ？」

十津川が、きく。

「警部、曲がりなりにも、ここには、新幹線が、通っているんですよ。その上、一つ先の駅は軽井沢で、一つ手前の駅は高崎じゃありませんか。高崎には、多くの列車が停車します。軽井沢は、夏になれば、人であふれる日本一の避暑地です。高崎と軽井沢に挟まれている、この安中榛名の駅は、どうして、こんなにも、閑散としているのか、私には、それが、不思議なんですよ。東京まで、わずか一時間とちょっとなんだから、私に、お金の余裕があったら、ここに家を買って、東京まで、通いますね」

と、亀井が、いった。

十津川たちは、ここからタクシーに乗って、安中榛名駅の周辺を走ってみることにした。

亀井が、手を挙げると、退屈そうにしていたタクシーの一台が、飛ぶように走ってきた。

中型のタクシーの、助手席に亀井刑事が乗り、後ろの席に、十津川たち三人が、少しばかり、窮屈ではあったが、乗ることにした。

「この安中には、たしか、在来線の駅もあったはずだね？　その在来線の安中駅に、向かって、ゆっくりと、走ってもらいたいんだ。安中という街の様子を、じっくり見たいからね」

十津川が、タクシーの運転手に、いった。

タクシーは、ゆっくりと走り出した。

「安中榛名の駅は、いつもあんなに、閑散としているのかね？」

と、広田が運転手に、きいた。

「いつだって同じですよ。あんな感じです」

「静かで、いいところじゃないか。どうして、駅の周りに、家が、建っていないんだろう？」

「あの安中榛名の駅は、新幹線の駅の中で、何でも二番目に、一日の乗降客が少ない駅だそうですよ」

運転手が笑いながら、いった。

「ここは、二番目に少ない駅なのか。こんなに人が少なくても、それでも、一番じゃないんだな」

小西警部が、変な感心の仕方をする。

「たしか、東北新幹線の盛岡(もりおか)の次の、いわて沼宮内(ぬまくない)という駅が、一日の平均乗降客が、百十七人でいちばん少なくて、二番目の、安中榛名駅が二百六十一人だそうですよ」

運転手が、いった。

「どうして、そんなに、一日の乗降客が、少ないんだろう？ 私たちは、今日、東京駅から長野新幹線に乗ってきたんだが、ここまでわずか一時間と四分しかかからなかったんだ。その上、一駅前は高崎駅だし、一つ先の駅は、軽井沢だ。いい雰囲気じゃないか？ それなのに、どうして、安中榛名駅周辺には、人が、住もうとしないんだろう？ 東京まで一時間四分なら、完全な通勤圏で、通うにも便利だと思うがね」

「列車が少ないんですよ」

と、運転手が、いった。

「列車が少ないって、どういうこと？」

「通勤とか通学に、使うのだったら、朝の東京行きの列車の本数が、多ければ、多いほどいいでしょう？　しかし、現在のところ、それが、少なすぎるんですよ。ですから、いくら、一時間四分しかかからないといったって、列車の本数が少なければ、通勤圏とは、いえないじゃありませんか？」

と、タクシーの運転手が、いった。

運転手がくれた時刻表を見ると、安中榛名発、東京行きは次のようになっている。

一番早い列車は「あさま五〇〇号」で、東京着は七時四〇分だが、これは安中榛名に停まらない。

「あさま五〇四号」は、安中榛名発七時二三分、「あさま五〇六号」は、安中榛名発七時四五分とあるが、「あさま五〇八号」と「あさま五一〇号」は、続けて安中榛名駅に、停まらないのである。

次に停まるのは「あさま五一二号」だが、これは安中榛名発九時〇七分である。

運転手の言葉には、説得力があった。たしかに、東京までの距離が近くても、列車の本数が少なければ、それは、便利とはいえないのだ。

「駅前には、整地された広大な土地が広がっていたけど、あれは工業団地でも、誘致しようとして、整地しているの？」

十津川が、きいた。

「新幹線の開通が決まった後、工業団地を呼ぼうとして、市が一生懸命、整地したんですが、一向に、工場が進出してこないので、空き地のままで放ってあるんですよ。今さら、工場が、来るわけもないし、市としても、どうしようもないんじゃありませんかね？」

と、タクシーの運転手が、いった。

タクシーで、街中を走っていると、この安中というところが、やたらに、だだっ広いことが、実感された。

「さっき、安中榛名駅で見たんだが、在来線の安中駅まで、連絡のバスが、見当たらなかったんだが」

亀井が、いうと、運転手は、

「ここには、連絡バスなんて、ほとんどありませんよ」

と、素っ気なく、いった。

「バスがない？　町の人たちは、それじゃあ、困るんじゃないのかね？」

「困るかどうかは、分かりませんけどね。とにかく、安中榛名駅から町に行く連絡のバスが、ほとんどないんですよ。あれじゃあ、安中榛名の駅の周辺に、人が集まらなくても仕方がないかもしれないですねえ」

タクシーの運転手が、いった。

在来線の安中駅に着いた。

小さな、可愛らしい駅である。

駅の周辺には、小さいながらも、商店街もあって、新幹線の安中榛名駅のような、空虚な感じはない。

十津川たちは、安中市役所に行って、話を聞くことにした。

2

市役所では、田中(たなか)という、計画課長に会った。

まず、十津川が、きいた。

「私たちは今日、東京から長野新幹線の『あさま五一七号』で、この安中にやって来ました。安中榛名の駅に着いて、驚いたのは、乗降客の数の少なさですよ。何しろ、安中榛名駅で降りたのは、私たち四人だけでしたからね。駅を出てみたら、駅前には、何も建物が見当たらないことにまたビックリしました。広大な整地された用地がありましたが、今後、例えば、あそこに、工業団地ができるような予定はあるんですか？」

「残念ながら、今のところ、あの整地された土地に、都会の工場や会社が、進出してくる予定はありません」

田中が、あっさりと、否定した。

「それは、どうしてなんですか？」

広田が、きく。

「理由はいろいろと考えられますが、第一は、交通の不便さにあるんじゃありませんかね。皆さん、東京からわずか一時間四分だといいます。一時間四分といえば、普通なら、十分に通勤や通学の圏内といえるでしょう。しかし、それだけでは、人は集まりません。新幹線は通ったものの、その本数が少なすぎるのです。ただ、私としては、そのうちに必ず、あの駅の周辺が発展するものと、確信しているんです」

「どうして、そう、確信できるんですか？　タクシーの運転手の話では、新幹線の駅の中で、一日の乗降客がいちばん少ないのが、東北新幹線の、いわて沼宮内駅の百十七人で、二番目に少ないのが、二百六十一人の安中榛名駅だと、聞きましたよ。どうして、安中榛名駅は、乗降客が、少ないままで、多くならないのでしょうか？」

小西が、きいた。

計画課長の机の上には、新幹線の一日当たりの乗降客数が少ない、一番目から五番目までの駅名を書いた表があった。多分、それを話題にする人間が多いのだろう。

一番　いわて沼宮内駅　百十七人
二番　安中榛名駅　二百六十一人
三番　田沢湖（たざわこ）駅　三百九十四人
四番　新水俣（しんみなまた）駅　四百二十七人
五番　雫石（しずくいし）駅　六百三十三人

これが五番目までの駅名である。

「とにかく、長野新幹線の、安中榛名駅の周辺は、何とかならないものですかね？　商店街もないし、歩いている人の数も少ない。あそこから出ているバスも、少ない。何とか、賑やかな駅前広場にできませんか？」

広田警部が、きくと、若い田中計画課長は、急にニッコリして、

「たしかに、今はダメですが、見ていてくださいよ。一年以内に必ず、皆さんがビックリするような、賑やかな、駅前広場にしてみせますから」

その確信に満ちたいい方に、十津川は、驚いてしまった。これには、広田警部や小西警部も、同じ感じを受けたらしく、

「何か秘策があるのなら、教えてもらえませんか？」

広田が、きいたり、小西も、

「例えば、国から、何らかの補助金が出る予定があるんですか？」

と、いった。

「いや、そうした紐つきの資金があるわけじゃありません。しかし、これから一年以内に、安中榛名駅の駅前は、間違いなく、賑やかになりますよ。これは約束できますよ」

田中課長が、いった。

「田中さんが、そう、断言される、その理由を教えてくれませんかね？」

十津川が、いった。他の三人も田中に眼を向けた。

田中は、それには答えず、

「皆さんが、今捜査されている事件と、安中榛名駅前の土地とが、何か関係あるんですか？」

と、逆に質問してきた。

明らかに、この田中計画課長は、何かを、隠している。十津川は、そう見たし、広田警部も、小西警部も、そして、亀井刑事も、同じように思ったらしい。

しかも、田中課長は、終始笑顔で、十津川たちに応対しているから、それは何か楽しいことなのだろう。

十津川たちは、田中課長に礼をいって席を立つと、いったん、市役所の外に出ることにした。

近くの喫茶店に入る。

コーヒーを頼み、四人でコーヒーを飲みながら善後策を相談した。

「あの田中という計画課長が、いったい、何を隠しているのか、何としても、それを知りたいと思いますね」

十津川が、いった。

「しかし、あの様子では、簡単には、しゃべりませんよ」

と、広田が、いう。

「たしかに、田中課長が、われわれに、何かを、隠していることは間違いないでしょう。その隠していることが、どんなことかは分かりませんが、少なくとも、安中市にとって、悪いことだとは思えませんね。多分、田中課長にとって嬉しいことに違いありません。だから、その内容を知ることは、それほど、難しくはないんじゃありませんか？」

と、小西が、いった。

その点は、十津川も、同感だった。

その間、亀井刑事は、この店のオーナーと思える男に、何か話を聞いているようだったが、席に戻ってくると、十津川たちに向かって、

「店のオーナーによると、昼休みや、仕事が、終わってから、よく市役所の職員が、やって来て、コーヒーを飲みながらおしゃべりをするそうです。さっき、われわれが会った田中という課長も、時々、ここに、コーヒーを飲みに来るといっています」

「それなら、オーナーに、話を聞いてみようじゃありませんか。ただし、あまり脅かさ

ないで」

十津川は、他の二人に、そういってから、オーナーに来てもらった。

自分たちが、警察の人間であるということはいわずに、十津川が、店のオーナーに話しかけた。

「実は、ここにいる全員が、安中市に関係のある人間で、安中のことをいろいろと、心配しているんですよ。中でも、いちばん心配しているのは、長野新幹線の安中榛名駅のことなんです。新幹線が開通して、これで一躍、安中市が有名になり人が押しかけて来て、観光客もたくさんやってきて、安中市が豊かになると期待したんですよ。今回、どんなふうに、繁盛(はんじょう)しているのかと思って、見に来たのですが、今日、安中榛名駅に降りて、ビックリしましたよ。駅の前の広場には、ほとんど、何もないじゃありませんか？　それに同じ列車から安中榛名駅に降りたのは、われわれ四人だけなんですよ。タクシーも、客がいないので、ヒマを持て余しているように、見えました。それで、ききたいんですが、実際には、どうなんですか？　これから安中市は、うまくいくんでしょうか？　この店には、安中市役所の職員が、よくコーヒーを飲みに来るということですが、安中市の将来について、あるいは、長野新幹線の安中榛名駅について、どんなことを、しゃべっているのか、教えていただけませんか?」

十津川は、丁寧に、店のオーナーに話しかけた。

それでも、店のオーナーが、十津川たちのことを警戒しているようなので、十津川は、切り札として、東京で成功していて祖父が安中出身の、宇垣新太郎の名前を、出してみることにした。

「実は、私たちは東京で、宇垣電子の宇垣社長と親しくさせてもらっているんです。その宇垣社長から、頼まれましてね。祖父の郷里の安中市のことが、心配なので、うまくいっているのかどうか見てきてくれないか? そういわれて、今日、来たんですよ」

宇垣電子と宇垣新太郎の名前を出した途端に、店のオーナーの顔が、ほころんだ。十津川がにらんだ通り、宇垣電子の宇垣社長は、安中の住民にとって、郷里の誇りなのだ。

それまで、重かった店のオーナーの口が、急に軽くなった。

「そうなんですか。実は私も、宇垣社長とは、日頃から親しくさせていただいていて、大変お世話に、なっているんですよ」

と、自分のほうから、いい、続けて、

「これは、まだ、内緒の話なんだそうですが、皆さんが心配している安中榛名駅のことですが、今は、駅前の開発は、おっしゃる通り、うまくいっていません。新幹線が通って、安中榛名駅ができることになった時には、大都市から大企業が、ドッと、押しかけてきて、工場や事務所を建てるだろう。そうなれば、税収も増えるし、安中の経済が潤うことになると思って、歓迎していたんですが、ご覧のように、東京などからの会社の進出もなくて、その上、観光客の数も思ったほど増えてきません。それで、市長さんも市役所の人間も、落胆していましたよ。それが、ここにきて、風向きが変わってきたんですよ。詳しいことは、私には分かりませんが、安中榛名駅前に広がる空き地ですが、東京なんかから、さまざまな会社が、急に、進出を考えるようになって、その折衝で、今、市役所の担当者も、忙しくなってきたそうです」

「しかし、どうして、ここにきて、急に風向きが変わってきたんですか？　何か、あったんですか？」

広田が、きいた。

「これは、よその人には、絶対に話さないようにと、市長さんや、市議会議員の人たち、あるいは、市役所の計画課長さんなどからもいわれているんですが、皆さんは、あの宇垣社長の知り合いだというから、話しても、構わないでしょう」

店のオーナーが、いった。

「ぜひ、理由を教えてくれませんか」

「これは市長さんの発案だそうですが、安中市を出ていって、東京や横浜や大阪などで、事業を始めて、成功している人たちがいます。その人たちに呼びかけて、郷里安中市のために、応分の寄付をしてくれないかと、いったそうです。そうしたら、これは大変嬉しいことなんですが、安中出身の人たちは、誰もが、郷里の安中市のことが好きなんですね。多くの人が、呼びかけに快く応じてくださったんですよ。安中市と縁があって、出世した人たち、例えば、宇垣社長などは、その典型みたいな人ですけど、皆さんがそれぞれ応分の寄付をしてくださることになったんです。そうなると、安中榛名駅前の造成地も、その寄付金を使って、進出してくる企業に、安く提供できます。私が聞いた範囲では、ほとんど、タダのような値段で土地を提供できるようになるので、そうなると、今まで、進出をためらっていた企業や事務所も、一斉に進出を考えるようになったそうです。個人でこの安中に移住を希望する人たちにも、安く土地を提供できます。ですから、市役所の職員の方は、みんなニコニコしていますよ。ただし、そのことを今、公にしてしまうと、ほかの市や町が真似をしてしまいます。市長さんは、この話が本当に実行されるまでは、黙っているようにと、職員にいっているそうです」

店のオーナーの話を聞いて、十津川たちは、思わず、顔を見合わせた。

店のオーナーは、しゃべるだけ、しゃべってスッキリしたのか、

「宇垣社長に、くれぐれも、よろしくお伝えください」

と、いって、カウンターの中に、入ってしまった。

3

十津川たちは、タクシーを呼んでもらい、新幹線の安中榛名駅に戻ることにした。

タクシーの中では、十津川も、ほかの警部も、いつもは、軽い冗談をいう、亀井刑事も、押し黙っていた。あのオーナーの発言の中に、彼らの口を重くするものがあったからだった。

駅前は、閑散としていて、人が、歩いている気配がない。

空き地の一角にある駐車場には、相変わらず自家用車が、何台も停まっている。駅前のタクシー乗り場には、十二、三台のタクシーが停まっているが、乗客の姿は、どこに

も見られず、運転手たちは、ヒマを持て余しているように見える。

「喫茶店のオーナーの話は、本当なんでしょうか？」

広田が、十津川に、きいた。

「たぶん、本当の話でしょうが、証拠はありません」

十津川が、自分にいい聞かせるように、いった。

「あの店のオーナーが話していたのは、主として、この安中榛名駅の問題でしょう？　安中市では、東京などからの、会社の進出を期待して、この土地を造成したが、進出してくる企業がなくて、困っていた。それが、ここにきて、急展開してきた。そういう話でしたよ。この話が本当かどうか、どうやったら確認できますかね？」

小西警部が、十津川を見、広田を見、そして、亀井刑事を見た。

「しかし、今の段階では、市長も、あの田中計画課長も、市議会議員たちも、われわれが聞いても、本当のことは、話してくれないでしょう。市長が箝口令を敷いているようだから」

と、広田が、いった。

「土地の問題に、いちばん、敏感な人にきいてみたらいいのではないかと、思いますがね」

十津川が、いった。

「土地の問題に、いちばん敏感な人というのは、どんな人ですか？」

「それは、この駅の近くに店を開いている不動産屋じゃないかと、思いますがね。もしかすると、そこに行けば、何か新しい話が、聞けるかもしれませんよ」

「たしかに、十津川さんのいわれる通りですね。不動産屋なら、市が造成した土地の値段に敏感でしょうね。ほかでは、この駅の近くの交番の警官や、安中榛名駅の駅長や助役なんかも、この駅周辺の土地の問題については、敏感なんじゃないかと思いますよ」

広田が、いった。

十津川たちは、手分けをして、喫茶店のオーナーが、話してくれたことが、本当かどうかを確認することにした。

十津川は、自分がいい出したことなので、駅のいちばん近いところに、店を構えている不動産屋に、亀井と二人で行ってみることにした。

不動産屋は、いちばん近い店でも、駅からかなり遠いところにあった。プレハブの建物で、大きな看板を掲げている。

たぶん、新幹線が通れば、土地が値上がりすると、その不動産屋は、張り切って店を構えたに違いない。何しろ、高崎や軽井沢を通る新幹線なのである。

しかも、念願がかなって、安中市内に新しい駅ができた。だから、新幹線が動き出したら、土地の売買で、客が、殺到すると、不動産屋の社長は、内心、大いに期待したのだろう。

しかし、今は、店の中に客の気配が全くない。まさに、開店休業の状態に陥(おちい)ってしまっているのである。

十津川は、亀井と店まで歩いていった。

十津川は、店に入ると、ここではまず、警察手帳を、見せた。

「駅前に広がっている造成地のことについて、こちらの社長さんに、お話をお聞きしたいのですがね」

机の向こうにいる社長に声をかけると、社長は、妙に屈折した表情になって、

「刑事さんが、あの土地を、買ってくれるんですか？」

と、きく。

「買い手がつかないんですか？」

十津川が、逆にきき返した。

「それがですね」

急に、社長は、身体を十津川の方に乗り出してきて、しゃべり出した。

「新幹線が通ることになって、ここに、安中榛名という駅ができると聞いた時には、これからは、駅周辺の土地は、どんどん値上がりして、いい商売ができると期待しましてね。市が造成した土地のそばに、無理をして、土地を手に入れたんですよ。ところが、新幹線が走って、新しい駅が、できたというのに、一向に買い手がつかないんですよ。何しろ、安中榛名の駅を利用する客が、あまりにも、少なすぎるでしょう？　これじゃあ、まるで、田舎の小さな駅と同じですよ。だから、いくら値段を安くしたって、ここの土地を買おうなんていう、物好きなお客さんは、まず現れませんよ。当てが外れて、大損をしてしまいました」

社長は、十津川に向かって、愚痴をいった。

「それはつまり、市も、あなたも、当てが外れてしまったということですか？」

「ええ、そうですよ。外れも外れ、大外れですよ」

「私が聞いたウワサでは、ここにきて、市が、造成した土地などに、買い手がつくように、なってきた。今まで全く売れなかった造成地が、売れるようになった。この話は、ウソですか？」

十津川が、いうと、社長は、

「うーん」

と、うなってから、

「刑事さん、そのウワサ、いったい誰に、聞いたんですか？」

「それじゃあ、ウワサは、本当なんですね？　市が造成した土地が、売れるようになった。東京などの会社が進出してくる話が、具体的になってきた。本当なんですか？」

十津川が、きくと、社長は、また、

「うーん」

と、うなってから、

「ウワサの段階ですけどね。どこが、どうなっているのかは、分からないが、東京なんかの大きな会社や商店などが、ここに進出してくることになったという話を、私も聞いているんですよ。私らにしてみれば、別にありがたくない話でね」

「どうして、ありがたくないんですか？　東京などから企業が進出してきて、土地が売れれば、社長の不動産屋だって、儲かるんじゃありませんか？」

「市の造成した土地が、理由は、分からないんだが、ここにきて、安く提供することが、できるようになったんですよ。こうなってくると当然、ウチが、買い占めていた土地だって、安くなってしまいますよ。結局、ウチのように小さな店は、この辺がいくら賑やかになっても、損するだけでね。いい思いはできないようにできているんですよ」

十津川は、社長の話が、何となく、おかしくなって、思わず笑ってしまった。

「何が、おかしいんですか？」

と、社長が怒る。

「いや、失礼。ところで、どのくらいの、会社や個人が、市の計画した今回の運動に参加しているんですか？」

十津川が、きいた。

「参加している会社や個人って、何のことですか？」

社長が、きいた。

「安中榛名駅近くの市の造成地を買おうとしている会社や個人のことですよ」

「ああ、今は、まだ正式な数はわかりません。安中の出身者で、外で成功した人たちが、何十人、いや、何百人もいる。そうした人たちに頼めば、こんな問題は、簡単に、解決するだろう。そんなことを市長はいっていましたね。まあ、市長がいっていた数は、それほど間違っていないと思いますよ。この町を出ていって、東京や横浜などで成功した人が何百人もいるというのは、おそらく、正しいでしょうね。安中の人間は、みんな働き者ですから」

「それが、冗談ではなくて、本当に、なってきたんですね？」

「そうなんですよ。安中の人間というのは、外に出ていっても、故郷の安中のことを、とても、大事にしますからね。市長の呼びかけで、そんな人たちが立ち上がったんじゃありませんかね」

十津川は、その数字に、ホッとした。

現在、十津川が、事件に絡んで知っている安中ゆかりの人間は、全部で三人である。その三人しかいないといわれたら、たぶん、落ち込んでしまっただろう。

あの三人が、何百人の中の一部であってくれれば、少しは、十津川の気持ちも、安らぐのである。

「ところで、社長さんも、この安中の市民でしょう？　ご先祖から何代にもわたって、安中に住んでいるんじゃありませんか？」

亀井が、横からきいた。

その途端に、社長の顔が、くしゃくしゃになった。

「そうなんですよ。三代続けて、安中の人間なんです。だから、安中で、少しは金儲けをさせてもらいたいと思って、借金までして土地を買ったんですけどね。この調子だと、私も、買い占めておいた土地を、タダで市に献納しなければならなくなるかもしれません」

と、社長が、いったが、それほど悔しそうな顔はしていなかった。

「社長の名刺を、いただけませんか？」

十津川が、いった。

「いいですが、私の名刺なんか、どうするんですか？」

「私も、金が貯まったら、この安中に小さな土地を買って、老後を、ここで、楽しむかもしれません。その時には、あなたから、土地を買いますよ」

と、十津川が、いった。

4

十津川と亀井は、駅に戻り、駅の構内にある小さな飲食店で、そばを食べながら、広田と小西の二人の警部が、戻ってくるのを待つことにした。

しばらくするとまず、広田警部が、店に入ってきた。

広田警部は、駅の近くにある、駐在所に行き、そこにいた前田という巡査長から話を聞いてきたという。

「前田巡査長の話では、安中出身で、成功者といわれる人に対して、市長が寄付を頼んだという話は、どうやら、本当のようですね。ただ失敗は許されないので、慎重な市長は、この話を議会などの公の場には、持ち出していないので、単なるウワサということに、なっているようですが」

と、広田が、いった。

「そうなると、問題は、その数ですが、どのくらいの人数が、この運動に参加していると、駐在所の巡査長は、いっていましたか？」

十津川が、きいた。

「今のところ、まだ、はっきりとした数は出ていないが、百人単位なのは間違いないと、前田巡査長は、いっていましたね。何でも、彼の親戚の中にも、安中を出て、東京で事業を始めて成功している人間がいるそうで、その親戚から聞いた話だから、まず、間違いないだろうと、いっていました」

「実は、その百人単位というのを聞いて、私は、ホッとしているんですよ」

十津川が、いうと、広田は、急に笑いを消した。

「私も駐在所の巡査長から、百人単位だと聞いて、ホッとしたんです。もし、あの三人だけだったら、落ち込んでしまいますからね」

十津川と、同じようなことを、いった。

さらに、二、三十分遅れて、小西警部が、戻ってきた。

小西は、タクシーで、在来線の安中駅の近くまで行き、そこで安中通信という地方紙を出している新聞社の社長に、会ってきたと、いった。

「タブロイド判の、小さな新聞なんですが、毎日二万部ほど発行しているそうです」

小西は、もらってきたその新聞を、十津川たちに配ってから、

「この新聞社の社長も、新幹線が通って、安中榛名駅が、できるという話を聞いた時には、安中市も豊かになって、市民も助かると思ったそうですよ。ところが、一向に観光客は増えそうにないし、東京などからの会社やデパートなどの進出もない。それで、ガッカリしていたそうです。そうしたら、ここにきて、少しばかり、楽しい話を聞けるようになってきた。そういって、ニコニコ笑っていましたね」

「その楽しい話というのは、どんな話なんですか？」

十津川が、きいた。

「喫茶店のオーナーが、話していたことと同じでした。安中出身の成功者たちが、故郷の一大事だということで、一致して応分の寄付をすることに決めたんだそうです。ただ、これはまだ、正式に決まったことではないので、今のところ、新聞に書くことはできない。社長は、残念そうな顔でしたよ」

と、小西が、いった。

「賛成者は、何人くらいだと、新聞社の社長は、いっていましたか？」

「今のところ、二百人から三百人くらいにはなるんじゃないかと、いっていましたね」

「具体的な個人名や、会社名は、分かっているんですか？」

「新聞社の社長は、日頃から、市長とよく話をしているそうで、どうやら、賛成している個人名や会社名も知っているようでしたが、今はまだ、記事にするのは困ると、市長から、クギを刺されているようです。われわれがよく知っている、かなり大きな会社の社長も、安中市の生まれだと知って、それには、ちょっと、ビックリしましたね」

と、小西が、いう。

「その数を聞いた時、どう、感じましたか？」

と、広田が、小西に、きいた。

小西が、笑顔になって、

「そうですね、正直いって、ホッとしましたよ」

と、答え、十津川も思わず笑ってしまった。

その後で、広田が、

「これから、われわれが、やるべきことは分かっているんですが、どうやら辛い仕事になりそうですね」

と、いい、十津川も、大きくうなずいた。

十津川にも、東京に戻ったら、宇垣電子の宇垣社長に会って、誘拐事件の真相を明らかにしなければならない仕事ができてしまっているのである。

それは、二人の警部も同じで、広田警部は横浜で、小西警部は松江で、十津川と、同じことをしなければならないし、この仕事は二人にとっても、嫌な仕事になってしまうだろう。

それが分かっているから、二人とも、険しい顔をしていた。

「それでも、これは、絶対にやらなければならない仕事です」

十津川は、自分にいい聞かせるように、いった。

四人は、その日のうちに、新幹線で東京に戻り、東京駅で別れた。

その後、十津川は、捜査本部に戻り、遅い時間だったが、安中で分かったことを、三上本部長に報告した。

十津川の話を聞いた三上本部長は、

「参ったね」

と、呟いた。予期された反応だった。

「私も参りましたが、事件の真相を、一日も早く、はっきり、させなければなりません。明日早く、宇垣社長に会って、話をつけたいと思っています」

十津川が、三上本部長の目を見ながら、いった。

第五章　愛郷心

1

午後十一時という、少しばかり遅い時間ではあったが、十津川は、世田谷区成城の宇垣宅に電話をかけ、社長の宇垣新太郎に、明日の昼前に会いたい旨を、告げた。

もちろん、十津川は、神奈川県警の広田警部たちと安中市に行って、そこで分かったことは、電話では一言も、話さなかった。宇垣社長に、明日の面会を拒否されたり、逃げられたりしては、困ると思ったからである。

十津川の申し出に対して、宇垣新太郎は、一瞬、間をおいてから、

「いいでしょう。明日は、朝から会社におりますから、そちらにいらしてください。お

待ちしています」

と、いった。

宇垣本人のOKが、取れたので、十津川は、安心して眠ったのだが、翌朝、目を覚ました時、衝撃のニュースが、耳に飛び込んできた。

宇垣社長が、何者かに、刺されたというのである。

宇垣社長は、いつものように、日課にしている、朝の散歩に出かけた。歩くルートは、決まっていて、いつも、必ず同じコースを通っていたという。

その散歩コースの途中に、小さな公園があり、たいてい、そこで一休みしてから帰宅することになっていた。

その公園の中で、宇垣社長は、何者かに、刺されたのである。

宇垣社長と同じように、朝の散歩をしていた、公園の近くに住む老人が、背中から、血を流して倒れている宇垣社長を発見して、慌てて救急車を呼んだ。

十津川はすぐパトカーで、宇垣社長が運ばれたという世田谷区内のSという救急病院に、駆けつけた。

しかし、十津川たちが、S病院に着いた時には、すでに宇垣社長は、こと切れていたのである。

十津川にしてみれば、宇垣社長本人に聞きたいこと、確認したいことが、まだ山のようにあったので、残念で仕方がなかったのだが、S病院の医師は、十津川に向かうと、いかにも事務的に、宇垣社長の死を告げた。

「病院に運ばれてきた時には、すでに、心肺停止状態でした。何とかして助けたいと思って、手を尽くしたのですが、残念ながら手おくれでした」

「背中を刺されていたと、聞いたのですが、間違いありませんか？」

「ええ、そうです。背後から、ナイフのようなもので刺されていましたね。傷口は一ヵ所だけで、それも、即死するほどの、深い傷ではなかったのですが、おそらく、刺されたことによるショック死ではないかと思います」

と、医者が、いった。

あとで分かったのだが、宇垣は慢性の心臓病を患っていたという。

宇垣の妻の恵と、社長秘書の安田が、前後して病院に駆けつけてきた。

十津川は、妻の恵が、宇垣社長の遺体を確認し終わるのを待ってから、待合室で、話を聞くことにした。

「ご主人が、このような亡くなり方をされたことについて、奥さんには、何か心当たりがありますか？」

と、まず、十津川が、きいた。

「いいえ、全くございません。健康にいいからといって、主人は、毎朝の散歩を、五年前からずっと続けていたんですよ。その間、何事も、なかったんですから。今朝だって、時間通りに帰ってくるだろう。そう思って、朝食を用意して待っていたんです。それが、いつまで経っても戻ってこなくて、挙句の果てに、こんなことになってしまって」

と、いって、恵が、涙ぐんだ。

「最近、無言電話がかかってきたり、宇垣社長の功績を、非難するような、そんな手紙が送られてきたりはしませんでしたか？」

「私が知る限り、そんなことは、一回もありませんでしたわ。仕事の上で、何かトラブルを抱えていたということも、ありませんでしたし、主人が、誰かに恨まれていたということもありません。主人は、そんな人じゃありません」

「こんな時に、申し訳ないと思うのですが、例の、誘拐事件について、お話をお伺いしたいのですよ」

と、十津川が、切り出した。それに対して恵がいう。

「こちらとしては、人質になっていた私も、無事でしたし、家の者が、負傷することもありませんでした。ですから、あとは警察が、奪われた身代金を取り返してくださるのを待つだけです。容疑者について、少しは分かってきたんでしょうか?」

「実は、私の耳に、こんなウワサが入っているんですよ。五月十日に発生した誘拐事件ですが、実は、あれは本当の誘拐ではなくて芝居ではないのか? 二十億円という高額な身代金が、犯人に奪われたが、これも芝居で、実際には、金は動かなかったというのです。あなたは、こんなウワサを聞いたことは、ありませんか?」

恵は、それまで夫を失った妻らしく、目を伏せて、じっと、話を聞いていたのだが、十津川の言葉に反応して、突然、大きな声を出した。

「警部さんは、どうして、そんなことをおっしゃるんですか? 五月十日に、私が誘拐されて、亡くなった主人は、私を取り戻すために身代金として、二十億円もの現金を、犯人の要求に応じて、支払ったんですよ。それは、間違いのない事実なんですよ。二十億円といえば、ウチの会社の一年間の純利益に当たる、大きな金額なんです。それなのに、あの誘拐事件は、芝居だったんじゃないかって、もし、警察が、そんな考えを、お持ちだとしたら、あの誘拐事件は、絶対に解決しそうにありませんわね」

「そうですか。それでは、ほかのことを、お聞きします」

と、十津川は、話題を変えた。

「ご主人のお祖父様の郷里は群馬県の安中市でしたね。その安中市では、新幹線を誘致するために、莫大な資金を使っています。もっとも多くの資金を使ったのが土地の買収です。新幹線が通るということになって、新しい駅ができれば、駅周辺の土地は、すぐに売れてしまうだろう。県内や県外の大企業や病院などが、次々に、この安中にやってくるのではないかと、そう、楽観しての土地の買収でした。ところが、長野新幹線の駅、安中榛名という駅ですが、先日、実際に、そこに行ってみて驚きました。安中榛名駅を利用する人がほとんどおらず、新幹線が通っているとは思えないほど、駅前が閑散としていて、建物らしい建物も全くありませんでした」

恵は、また黙って、十津川の話を聞いている。

十津川は、言葉を続けた。

「つまり、安中市としては、完全に思惑が外れてしまったわけです。しかし、それを補うだけの経済的な余力が、安中市にはありません。バブルが崩壊した後で、日本全体が

「どうして、そんなことが必要なんでしょうか？」

「ご主人が殺されて、殺人事件になってしまいましたからね。われわれとしては、細かいことまで、お聞きしなければならなくなってきたんですよ」

「たしか、三月の十日でした。安中市長さんから、招待状が届いたんですよ。それで、主人と二人で、安中市に行きました。その時、安中を出て、それぞれの分野で成功した人たちに招待状が出されていたと知りました。安中市にあるいちばん高級なホテルに招待され、そこで市長さんからお話がありました」

「その時、何人くらいの人が、集まったんですか？」

「たしか、三百人くらいだったと思いますけど、正確な数までは、私には、分かりません」

「なるほど。その時、市長さんから、寄付をお願いしたいという話があったんですか？」

「ええ、そうです」

「それぞれの金額は、いつ、決まったのですか？」

「その後、寄付に賛同してくださる方だけ、ここに残ってください。個別に、細かいところを、ご相談しましょう。そういうことになって、残った人の中から、三人ずつ別室で、市長さんから、改めて要請を受けたんです。主人が、二十億円という具体的な寄付の金額を告げたのは、その時です」

と、恵が、いった。

「もう一度確認します。三人ずつ呼ばれて、市長さんと話し合った。その時、具体的な金額を決めた。そういうことですね？」

「そうです」

「ひょっとすると、ご主人の宇垣社長と、横浜の小柴商会の小柴英明さん、そして島根県の松江で池内観光という会社をやっている池内清志さん、この三人が一緒に呼ばれたんじゃありませんか？」

十津川が、きいた。

「さあ、どうだったでしょうか？　私は、その時、どなたと一緒だったのか覚えておりません」

恵が、あっさり答えた。

「しかし、三人だけで、市長さんと話し合われたんでしょう？　それなのに、覚えていらっしゃらないんですか？」

「たしかに、三人だけでしたけど、いつも顔を合わせている方たちじゃありませんから。いわば、その時、一度だけしか会ったことのない人たちなんですからね。だから、私が覚えていなくても別に不思議じゃないでしょう？」

恵が、ケンカ腰になって、十津川をにらみながら、いった。

「もう一度確認しますが、この時、ご主人は、市長さんに向かって、会社の純利益、つまり、二十億円を、寄付すると、約束されたんですね？」

「ええ、そうです」

「ほかの二人の方は、いくら寄付をすると、約束されたんですか？」

「そんなこと知りませんよ。ほかの方たちが、いくら寄付をするかなんて、いちいち記憶しているもんじゃ、ないでしょう？」

恵が、相変わらず強い口調で、十津川に、いった。

「もうよろしいでしょうか？　主人が突然亡くなって、私には、いろいろとしなくてはならないことがありますので、この辺で失礼します」

十津川と亀井は、まるで追い出されるような格好(かっこう)で、待合室を後にしたが、十津川の顔は笑っていた。

2

しかし、捜査本部に戻ると、十津川はすぐ、神奈川県警の広田警部に電話をした。

「十津川ですが」

と、いうと、相手は、いきなり、

「逃げられました」

と、いった。

「逃げられたって、小柴商会の、小柴英明にですか?」

「そうです。あの小柴夫妻が子どもを連れて、突然、出かけてしまったんです」

「行き先は、どこですか?」

「ハワイですよ。一ヵ月間、家族サービスをするといって、小柴英明は、成田(なりた)からハワイに飛び立ったそうです」

「逃げたんですね？」

「おそらく、そうでしょう。逃げたんだと思いますね」

広田が、いった。

十津川は次に、島根県警の小西警部に、電話をかけた。

こちらでも同じ事態が起きていた。

松江で池内観光を経営している池内夫妻が、三歳の子どもを、親戚に預けて、外国の観光客を集めてくると称し、東アジア、東南アジアに出かけていったというのである。

小西警部が、いう。

「今も申し上げたように、観光客を集めてくると称して、まず韓国に行き、それから中国、タイ、ミャンマーなどを一ヵ月ほどかけて、回ってくる。そういって、出かけたようです。周囲には仕事だといっていますが、池内清志は、明らかに、われわれ警察の捜査の手から、逃げたんですよ。そうとしか思えません」

と、小西が、いう。

「広田警部の話では、横浜でも、小柴商会の小柴夫妻が、家族サービスをするといって、五歳の子どもを連れて、一ヵ月の予定で、突然、ハワイに行ってしまったそうです。こちらも、明らかに、逃げたんだと思いますね。広田警部も同じ考えでした」

十津川は、神奈川県警の広田警部と、島根県警の小西警部の二人に、東京に来て今回の一連の事件について、もう一度、話し合うことを、提案した。

翌日、二人の警部が、上京してきて、三つの警察署の刑事による捜査会議が開かれた。それには、三上本部長も出席した。

まず、十津川が、現在の状況を、説明した。

「今回の一連の事件は、最初に東京、それから横浜、松江で、続けて起きた、三件の誘拐事件から始まりました。多少、いつもの誘拐事件とは、違っているなとは、思いましたが、とにかく、犯人を逮捕し、奪われた身代金を取り戻せば、事件は終わると、考えていたのです」

「もちろん。何としても、身代金を取り返さなくてはならないのだ」

三上が、きっぱりと、いった。

「ところが先日、私は、神奈川県警の広田警部、島根県警の小西警部と一緒に、長野新幹線で、安中市に行き、そこでいろいろと捜査をした結果、今回の誘拐事件の別の面が見えてきたのです」

「別の面というと、どういうことかね？」

「安中市内に、長野新幹線が通り、安中榛名という新しい駅ができました。安中市は、この駅に大きな期待をかけていたと思われます。新幹線が開通して新しい駅ができれば、観光客が、たくさんやって来て、東京などの会社やホテル、あるいは、飲食店が進出してくるだろう。そう考えていたのですが、その思惑は、見事に、外れてしまっています」

「現状はどうなんだ？」

「安中榛名駅を利用する乗客が、あまりにも少なすぎるのです。この駅で降りる客も、そこから乗る客も、ほとんど、いないという状態なのです。このままでは、期待した税収が、入らなくなるどころか、赤字が増してしまうと、安中市は危惧したと思います。そこで、安中市は考えました。安中から出ていって、別の場所で成功した人たちがいる。そういう人たちに呼びかけて、郷土の安中のために寄付をお願いしよう。そう考えて、よその土地で成功した人たちに、招待状を出したのです。それに応えて、集まった人たちの数は三百人ほどだったそうです。その中に、東京の宇垣電子の宇垣社長も、横浜の小柴商会の小柴社長も、そして、松江の池内観光の池内社長も、入っていました。三月十日、集まった三百人に、安中市長が、安中市の現状を訴え協力を要請したのです。すると、群馬県の人たち、あるいは、安中の人たちといったらいいのか、その人たちは郷土愛が強いとみえて、ほとんどの人が寄付に応じると、答えたそうです。三人ずつ、市長と話し合って、安中市のために寄付する金額が決まりましたが、突出して、多くの金額を、寄付すると約束したのが、東京の宇垣社長、横浜の小柴社長、そして、松江の池内社長の、三人でした。東京の宇垣社長についていえば、彼はこの時、去年の純利益に当たる、二十億円を寄付すると、約束しました。ほかの二人も、去年の純利益と同額を寄付すると、安中市長に約束したはずです。ところが、その後、例の誘拐事件が、発生したのです。この二つを結びつけた時、今回の誘拐事件の真相が分かったと思いました」

「どう分かったのか、私にも、分かるように教えてもらいたいね」

三上本部長が、いった。

「この宇垣社長、小柴社長、池内社長の三人は、性格的に見て、虚栄心の、かなり強い人間であると思いますね。安中市長から市への寄付を頼まれると、去年の純利益を寄付するといったのですが、その後で、たぶん、その金が惜しくなってしまったか、あるいは、そんな大金を、寄付してしまうと、会社の経営、あるいは、営業に支障を来すと心配になってしまったのかもしれません。しかし、だからといって、いったん約束した寄付の金額を、下げるわけにはいきません。それで、三人で考えたのが、今回の誘拐事件です」

「誘拐事件と寄付が、どう、関係してくるのかね？」

「三人の家族が誘拐され、しかも、身代金として要求された金額が、安中市に寄付すると約束した金額と同じです。そのことから考えられるのは、誘拐が芝居だったということです。予め決めたストーリー通り、見事に身代金を奪われてしまう。そうなれば、今年度の税金は、減額されるのではないか、そうすれば、何とか、約束した寄付金を用意できることになる。そう考えると、三つの誘拐事件は、全て、芝居だったという疑惑が生まれてくるのです。われわれが、そのことに気づいたことを知って、横浜の小柴夫妻は、子どもを連れてハワイに逃げ、松江の池内夫妻は、子どもを親戚に預けて、東アジア、東南アジアに、姿をくらましました。その中で、いちばんの高額の寄付を約束した宇垣社長は、何者かに殺されてしまいました。これで、誘拐事件の真相がはっきりしてきました」

「なるほど、そういうことか。しかしだね」

三上本部長が、いった。

「君は今、事件が、はっきりしたといったが、私から見れば、より複雑になったとしか思えないがね。三件の誘拐事件が芝居だったというのは、よく分かる。それが、われわれ警察にバレたことを知って、二つの家族が、日本から逃げた。それも分かる。しかし、なぜ、宇垣電子の宇垣社長だけが殺されたのかね？　理由が分からない。事件は、より複雑になってしまったんじゃないのかね？」

3

三上本部長は、十津川たちに向かって、

「とにかく全員で、よく協議して、事件の真相に迫ってくれ。一日も早く解決してくれなければ困る」

それだけいい、捜査会議を終了させた。

その後で、十津川は、広田警部、小西警部、それに、亀井刑事を加えた四人で、三上本部長のいった、事件の真相とは、いったい何なのかを話し合うことになった。

ちょうど昼近くになったので、十津川たちは、近くの、中華料理の店から、出前を頼み、食事をしながら話し合うことにした。

「この間行った、安中榛名駅の近くに、駐在所があって、そこに前田という巡査長がいたと話したでしょう？」

広田警部が、いった。

「覚えていますよ」

十津川が、いうと、広田は、言葉を続けて、

「横浜に帰ってから、あの前田巡査長に電話をしました。あの日、安中市長の招待に応じてやって来た人間は三百人ほどで、全員が、寄付を申し出たそうです。その中には、問題の宇垣、小柴、池内の三人も入っています。私は、全員が、いくらくらいの寄付に、応じているのか、その金額を知りたかったんですよ。それで、前田巡査長に何とかして三百人全員の金額を調べて、教えてくれるように、頼んでおいたのです。その回答が、ここにあります」

そういって、広田警部は、三百人の名前と、予想される寄付の金額を書いた紙を、ポ

ケットから取り出して、十津川たちに見せた。

そこに書かれている数字を、全員が覗き込んだ。

「よく見てください」

と、広田が、いった。

「どうやら、純利益をベースにして、寄付をすることに、なっていたようですが、そこにこだわる必要は、全くないと、安中市長は、いっていたそうです。ところで、四番目に高い寄付金額は、一千万円なんです。あとの人間は全部、一千万円より少ないのです」

小西警部が、いった。

「普通、国や地方への寄付といえば、だいたい、こんなものじゃありませんかね？」

「それにしても、問題の三人と、あとの人たちとは、あまりにも、寄付する金額に差がありすぎますよね？　三番目の池内清志が三億六千万円で、四番目が一千万円ですからね」

亀井が、声を上げた。

たしかに、東京の宇垣電子社長、宇垣新太郎が提示した金額は二十億円、横浜の小柴商会社長、小柴英明が提示した金額は六億四千万円、松江の池内観光社長、池内清志が提示した金額は三億六千万円である。

そして、四番目に寄付金額が多かったのが一千万円だという。あまりにもその差が激しすぎる。

「問題の三人と四人目とでは、あまりにも差がありすぎますね」

十津川が、いうと、広田が、大きくうなずいて、

「そうなんですよ。これだけ違ってくると、この三人が、ただ単に、見栄っ張りというだけでは、説明がつきません」

「今、日本は不景気ですから、この三人以外に、儲かっている会社なり、店なりがないのでは、ありませんか。それで差が出たのではないですか？」

と、小西警部が、いった。

それにたいして、広田警部が、

「私も、そう思ったので、前田巡査長に、その点も調べてくれるようにと、頼んでおいたのです。このリストの中程に、百万円の寄付を申し出た人が、十数人並んでいるでしょう。その中の、井上明（いのうえあきら）という人物ですが、彼は安中市の生まれで、現在、名古屋（なごや）で

人材派遣会社を経営しており、年商は百二十億円だそうです。それでも、寄付した金額は百万円ですよ。前田巡査長の話では、ほかにも何人か、年商、あるいは、営業利益が、億単位であるにもかかわらず、寄付金が百万円単位とか、なかには十万円という人もいるそうです。つまり、目安は、去年の純利益と同額ということに、なっていますが、この三人以外に、その目安を守って高額の寄付を約束した人はいないのですよ」

「なるほど。たしかに小西警部がいうように、このあたりが常識でしょうね」

と、十津川が、いった。

「去年の、純利益が目安といっても、その通りの寄付が、集まるとは考えていなかったと思うんですよ。常識的に考えれば、いくら財産があっても、寄付といえばせいぜい十万から百万ぐらいだと思いますね」

と、広田が、いった。

「そうなると、ますます、この上位三人が申し出た金額が異常だとは思いませんか？」

と、小西が、いった。

「異常ですよ。この金額が普通だとは、決して、思えません」

「昨日、私は、亀井刑事と一緒に、宇垣社長の妻、恵さんに会って、話を聞いてきました。その時、参加者は、三人ずつ、安中市長と話し合って、寄付の金額を、決めたそうですが、どうやら、問題の三人は、一緒だったようなのです。その時、三人が三人とも、安中市長に対して、大きなことをいった。三人がたぶん、牽制し合って、大きな寄付金額を口にしてしまったのではないかと、私は思いました。その後で、三人は後悔したんじゃないですかね？　しかし、一度口にした金額は、減らすことができず、それで、何とかしなくてはいけないと思って、三人で考えて、誘拐事件を、正確にいえば、誘拐の芝居を考えたのではないかと、思います」

と、十津川が、いった。

「その可能性は、大いに考えられますね。私も、十津川さんの考えに賛成です」

小西警部が、いうと、広田警部もいった。

「同感です」

「もう一つ、疑問なのは、この三人が、そんなに見栄っ張りだったのか？　見栄だけで、億単位の寄付を申し出たのか？　そこが、どうもはっきりしないのですが、お二人は、どう思われますか？」

そんな十津川の疑問に、まず、島根県警の小西警部が、答えた。

「私は何回か、池内夫妻に会っています。夫の池内清志は、松江で、観光会社を興して成功しています。池内清志にしろ、奥さんの美由紀にしても、どこにでもいるような普通の人間ですよ。観光会社が成功したのは、地元に、さまざまな名所旧跡があること、そして、社長の池内清志が、一生懸命に客を集めていたからだと、同業者はいっています。もう一つは、こんな話も、聞きました。松江は観光都市ですから、時々、お祭りをやります。そんな時に、市のほうでは、市民から寄付を、募集するのですが、池内夫妻は、自分たちは、松江では新参者だからということで、いつも一万円か、二万円程度の寄付しか、しないそうです。ですから、池内夫妻が、安中市に、三億六千万円もの寄付をするらしいという話をすると、同業者は、誰もがビックリしていましたね。信じられないというのが、ほとんどの声でした」

「横浜の場合も、同じです」

と、広田警部が、いう。

「小柴英明は、横浜の商店街で、ブランド製品の輸入販売をする小柴商会を立ち上げて成功しました。商店街の人たちに聞いてみると、こんな声があったんです。商店街で、お祭りがあったり、イベントを開くという時、あるいは、何かに対する募金活動をやったりする時、小柴英明が、寄付する金額は、五万円だそうです。この金額は変わらないといっていました。ですから、六億四千万円という金額は、異常なんですよ。もし、この金額を、横浜の商店街の人たちに聞かせたら、全員ビックリしてしまうんじゃありませんか？」

昼食の後は、亀井刑事がコーヒーを淹れて、警部たちに勧めた。

その時に、亀井が、遠慮がちにいった。

「この三人には、奥さんが、いますね。奥さんも安中市、あるいは、群馬県の出身者なんですか？　もし、違っていれば、奥さんが、何億円もの寄付に、賛成するはずはないと思うのですが」

「たしかに、そうですね。奥さんが、いるんですよ」

広田警部が応じた。

「今、亀井刑事がいわれたように、普通、奥さんが、何億円もの寄付に賛成するはずはありませんね。生活がありますから」

「問題は、奥さんの強さですね。奥さんが、夫を尻に敷いていれば、こんな高額の寄付に賛成するはずはありませんが、夫のほうがワンマンだったら、この高額の寄付に対して、奥さんは、何の文句もいわなかったかもしれません」

と、十津川が、いった。

「松江の場合についていえば」

と、小西警部が、いった。

「現在、妻の美由紀、三十歳は、三歳の子どもがいますが、夫の池内清志と一緒に、観光会社の営業部門を、担当していました。池内清志自身も、今日まで観光会社が、何とかやってこられたのは、妻の助けがあったからだ。妻のおかげだと、いっています。ですから、少なくとも松江の場合には、妻の美由紀の意思を無視して行動することは、まずできないと思いますね」

「東京のケースにしても、似たようなものです」

と、十津川が、いった。

「宇垣新太郎は、六十歳、妻の恵は後妻で、三十二歳です。二人は、二十八歳も年が離れています。その年齢差を考えると、宇垣電子の宇垣社長は、後妻の意思を無視して、二十億円もの寄付をすることは、できないだろうと思います。ですから、この二十億円という金額については、妻の恵が、了解していたと考えて、私は構わないと思うのですが、普通ならば、こんな高額の寄付を妻は認めないでしょうね」

4

四人は、一休みしてから、現在の三人について話し合った。

最初に発言したのは、神奈川県警の広田である。

「小柴夫妻が、五歳の子どもを連れて、ハワイへ行ったというのは、明らかに、われわれ警察が、今回の誘拐事件が、本当は芝居だったということに気がついたのを察して、逃げ出したのだと思いますね」

次に、島根県警の小西が、池内夫妻の国外脱出について発言した。

「松江の場合も、横浜と全く同じだと、私は考えます。あの誘拐事件が芝居だった。それがバレたと感じたので、池内清志は、妻の美由紀と共に、国外に脱出したんですよ。観光会社をやっているので、韓国、中国、タイ、ミャンマーなどを、一ヵ月にわたって動いて、観光客の誘致に努めるといっているようですが、私には、そんなことは信じられません。これは明らかに、誘拐事件が芝居だったことがバレたので、ヤバいと思って、逃げたんですよ」

その後、小西は、十津川に向かって、

「この三人は、同じような反応を示すと思ったのですが、東京の場合は、違いましたね。宇垣電子の宇垣社長は、日課にしている、朝の散歩の途中、何者かに刺されて殺されてしまいました。どうして、こんなに違うのか、その点について、十津川さんのご意見を伺いたい」

5

十津川が、自分の考えを、いった。

「東京の宇垣社長も、ほかの二件と同じように、誘拐事件が、芝居だと分かれば、当然、追及を受けます。それを考えると、横浜や松江と同じように、若い後妻を連れて、国外に脱出する。それが普通に考えられる反応ですが、なぜか、宇垣社長も妻の宇垣恵も、国外脱出を、考えたような形跡が、どこにもないんですよ。私には、それが、まず不思議でした。殺された日も、宇垣社長は、いつもと変わりなく、朝の散歩に出かけているのです。これは、何年も続けている、宇垣社長にいわせると、唯一の健康法で、秘書などにも自慢していたそうです。その秘書たちに対しても、宇垣社長は、国外に行くようなことは、一言もいっていなかったようです。ですから、ほかの二人とは違って、宇垣社長も妻の恵も、日本脱出は、全く考えていなかったと、私は思います」

「そうなると、問題なのは、その理由でしょうね」

と、小西が、いう。

たしかに、小西警部のいう通りだろうと、十津川も、思う。宇垣社長が遭遇した誘拐事件、これも明らかに、ほかの二つの場合と同じように芝居だと、十津川は確信している。それなのに、なぜ宇垣夫妻は逃げなかったのか？

「なぜ、宇垣社長が、殺されたのか？　犯人は誰か？　どうして、殺されなければならなかったのか？　さらにいえば、横浜と松江の二人の社長は、それぞれ自分の家族や妻を連れて国外へ逃げたのだが、もし、日本に残っていたら、宇垣社長と同じように殺されていたのかどうか、その点も考えてみたいと思っています」

と、十津川が、いった。

十津川は、宇垣社長が、散歩の時に殺された際の状況や医者の対応、あるいは、司法解剖の結果など、今分かっている全ての情報をまとめて、広田と小西の二人に伝えた。

やはり、神奈川県警の広田警部と島根県警の小西警部が、関心を持ったのは、なぜ、三人のうち、宇垣社長だけが、殺されてしまったのかということだった。

「宇垣夫妻は、いつでも、国外へ脱出できるように、パスポートを用意していたんでしょうか？」

と、広田警部が、きいた。

「夫の宇垣新太郎社長は、仕事柄、海外に出ることもありますから、つねにパスポートを用意していましたが、妻の恵は、現在パスポートを所持しておらず、いつかパスポートを用意しようと思っていた時に、夫の宇垣社長が、殺されてしまったと、証言しています」

「それはつまり、東京の宇垣夫妻は、国外への脱出は考えていなかった。そう見ていいんでしょうか？」

広田警部が、きく。

「そう見ても、いいと思いますね。少なくとも、すぐにどこかへ逃げようという構えじゃありませんね。だからこそ、宇垣社長は、いつものように朝の散歩に出かけたのだと思っています」

「その散歩の時、いつものように、途中にある公園で休んでいた。その時に、背中から刺されたということですが、犯行が行われた時、公園には、ほかには誰もいなかったんでしょうか？」

小西が、きいた。

「私も、宇垣社長が、刺された問題の公園に行ってみましたが、小さな公園で、子どもが遊ぶような道具もなく、トイレもないので、いつも閑散としているそうで、事件が起きた時も、宇垣社長と犯人のほかには、誰もいなかったと思われますね」

「司法解剖の報告では、宇垣社長は、背中を一ヵ所、刺されただけのようですね？」

小西警部が、きく。

「ええ、そうです。刺されたのは一ヵ所だけでした」

「司法解剖の結果、ショック死と書かれていますが、一ヵ所しか刺されておらず、それも内臓には、達していない。とすると、ショック死をしなかった、つまり、死なかったというケースも、当然、考えられるわけですか？」

「医者の話では、死ななかったケースも考えられるということです」

「だとすると、犯人は、何が何でも絶対に、宇垣社長を殺そうと思って刺したというわけじゃないということですか？」

広田が、きく。

「そこが難しいところです」

と、十津川が、答える。

「犯人は、背中から刺しましたが、ちょうどその時、誰かが通りかかったので、慌てて逃げたということも考えられるし、逆に、背中を刺したが、犯人には最初から、宇垣社長を殺す気はなかったということも、もちろん考えられます」

「十津川さんは、そのどちらだと思っておられるんですか？」

小西が、きく。

「難しい問題ですが、これまでの経験からいえば、おそらく、犯人には、宇垣社長を殺す気は、なかったのではないかと、思っています」

「どうして、そう、思われるのですか？　その理由は、何ですか？」

「普通、ナイフを使って相手を殺そうとする場合を考えると、二回、三回と何回も刺すものですが、宇垣社長の場合は、一回しか刺されていません。また、目撃者がいたという話も、全くないのです。それらを、考え合わせると、犯人は、刺そうと思えば何回でも刺せたはずなのに、それをしなかった。そうしたことから殺意はなかったと考えられるのです」

「なるほど」

「第二に、現場の公園では、凶器と思われるナイフは、見つかっていません。犯人は、凶器のナイフを、持ち去ったのです。それだけ慎重に行動する犯人が、最初から宇垣社長を、殺すつもりなら、確実に殺すため、何回も刺していたはずだと、思います。それなのに、一回しか刺していないということは、さっきも、申し上げましたが、最初から、殺すつもりはなかったということではないか、単なる脅かしだったのに、被害者が、ショックを起こして死んでしまった。そういうケースではなかったかと、私は、考えています」

と、十津川は、いったあと、

「お二人は、今回の事件を、どう考えているのか、聞かせて貰えませんか？」

小西警部は、しばらく黙っていたが、神奈川県警の広田警部は、こんな推理を、披露した。

「これは、私の勝手な想像ですが、構いませんか?」

「ええ、構いません。どうぞ、おっしゃってください」

「ひょっとすると、横浜の小柴英明か、松江の池内清志が、東京の宇垣新太郎を殺したのではないでしょうか? 私は今、そんなことを、思っています。東京、横浜、松江の三ヵ所で起きた誘拐事件は、どうやら芝居らしいということが、はっきりとしてきました。それで、宇垣社長とほかの二人の間で、何か、いい争いのようなことがあったのではないかと思うのです。誘拐が芝居だとバレてしまったと考えて、例えば、宇垣社長が、こうなったら警察に出頭して、正直に全てを話すと、いい出したとします。ほかの二人が、それに対して強硬に反対した。それでも、宇垣社長が納得しないので、一時的に国外に脱出しようじゃないかとほかの二人が、宇垣社長に勧めたのかもしれません。それに対して、今度は宇垣社長が反対した。それで、ほかの二人は脅かすつもりで宇垣社長を刺した。脅かしですから、殺すつもりがなかったのは当然です。だから、背中を一ヵ所だけしか、刺さなかった。そんなふうに、私は考えてみたのですが、もちろん、確証はありません」

と、広田が、いった。

それに対して、小西警部は、何もいわなかったが、十津川は、

「今の広田警部の推理ですが、可能性は、大いにありますね」

と、うなずき、続けて、

「私も、なぜ東京の宇垣社長だけが殺され、ほかの二人が、国外に逃げてしまったのか、その違いが分からなくて、不思議で仕方なかったのですが、もし、犯人が、逃げた二人、あるいはその片方だとすれば、納得ができます。それに、ほかの二人には、それぞれ幼い子どもがいます。それを考えると、簡単に警察に捕まったりは、できません。そんなふうに考え、若い後妻しかいなかった宇垣社長が国外には逃げず、国内で何とかしようと考えたとしても納得できるのです」

「それに、年齢のことも、あるのではありませんか？」

亀井が、横から口をはさんだ。

「どういうことだ？　カメさん」

「東京の宇垣社長は、今年、還暦の六十歳です。それに対して、横浜の小柴英明も、松江の池内清志も、どちらも四十代です。それに、幼い子どももいます。ですから、いざとなった時に、考え方が違っていたとしても、別におかしくはないと、思います。第一、

誘拐という芝居を打ったことは間違いないと思いますが、だからといって、誰かを殺したというわけでもありませんから、六十歳の宇垣社長は、警察に捕まって、刑務所に放り込まれたとしても、子どもの心配はしなくていい。そんなふうに考えたのかもしれません。その点、ほかの二人とは年齢が違うので考えも違うと思うのです」

「たしかに、カメさんのいう通りだろう。しかしね、それでも、殺人事件に、発展しているんだ」

と、十津川が、いった。

第六章　粉飾決算

1

海外に逃亡した横浜と松江の二組の夫婦については、神奈川県警、島根県警のそれぞれの県警に判断を任せ、十津川は、殺人事件にまで発展した東京の事件の解決に、全力を注ぐことにした。

十津川は、東京の宇垣夫妻も、海外に、逃亡を図るのではないかと考えていた。

したがって、横浜の小柴夫妻と、松江の池内夫妻が、揃って、海外に逃亡したことについては、十津川には、いわば、想定内の行動だった。東京の宇垣夫妻も、当然、海外に逃亡するだろうと、思っていたのに、宇垣新太郎は、朝の散歩中、何者かに、殺されてしまった。

しかも、宇垣夫妻には、海外に逃亡を、図ろうとした形跡すらないのである。十津川には、その点が、どうにも、不可解だった。

十津川は、部下の刑事たちを集めて、今後の、捜査方針について説明したとき、そのことに触れた。

「横浜と松江の夫婦は、揃って、海外へ逃亡した。それなのに、東京の宇垣夫妻は、海外への逃亡を、図ろうとした様子が全く見られないばかりか、夫の宇垣新太郎は、朝の散歩の途中で、何者かに、殺されてしまった。私は、この三組の夫婦は、同じ問題を抱え、同じように、ニセの誘拐事件をでっち上げたのだと、思っていた。ところが、ここに来て、今いったような、違いが生まれた。どうして、違ったのか、それが分かれば、今回の事件が、解決するきっかけになると思っている。だから、何とかして、その違いを、つかんできてほしいのだ。今後は、まず、この捜査から始めたい」

刑事たちが、聞き込みに走った後、捜査本部に残っていた、十津川と亀井刑事の耳に、一つの話が飛び込んできた。

ある廃車工場から、宇垣新太郎が乗っていたワンボックスカーの処分を、頼まれたという連絡があったのである。

十津川は、東京、横浜、松江で起きた、この三組の誘拐事件は、いずれも芝居だったと考えている。

しかし、形の上では、犯人から、電話があり、東京の場合でいえば、二十億円という莫大な身代金が要求され、宇垣は、現金で二十億円を用意し、それを特別仕様のワンボックスカーに積んで、妻の恵と引き換えるために、自ら運転していった。

その現金二十億円が、一瞬の間に、消えてしまったのである。

十津川は、現金を積んでいった、大型のワンボックスカーに、あらかじめ、何らかの細工が、施(ほどこ)されていたのではないかと考えた。

だとすれば、宇垣は、その証拠を、消すために、問題の車を、処分するに違いない。

そう考えて、東京都内と、周辺の千葉、埼玉、神奈川の、廃車工場に、宇垣社長か、あるいは、その関係者が問題の、ワンボックスカーを処分しに来たら、連絡をくれるように頼んでおいたのである。

その連絡をくれたのは、埼玉県の西部にある大きな廃車工場だった。宇垣新太郎が、殺される前日、彼の秘書が、大きなワンボックスカーを運んできて、処分してくれと、頼んでいったというのである。

十津川は亀井とすぐ、その廃車工場に向かった。

埼玉県の西部は、なだらかな、山岳地帯になっている。その、小さな山を一つ削って、巨大な廃車工場が作られている。十津川の許に届いたのは、その工場の、社長からの連絡だった。

十津川が、三十代と思しき若い社長に会うと、彼は、工場の隅に置かれた車のところに、二人を案内した。

「このワンボックスカーが、問題の車です」

「たしかに、間違いない。このやたらに、デカい、特注のワンボックスカーには、記憶がありますよ」

と、十津川が、いった。

このバカでかい車に、犯人の要求する二十億円の現金を積み、社長の宇垣新太郎が、犯人の指示に従って、自ら、運転した。

ところが、この車に積んだ二十億円の現金が、あっという間に消えてしまったのだ。

「このワンボックスカーを持ってきた宇垣電子の、社長秘書の方は、とにかく、すぐに解体して、鉄屑にしてほしいと、いっていたんですが、十津川さんとの約束があったので、解体する前に、連絡しました」

社長が、いう。

「このデカい車には、どこかに仕掛けがあるのではないかと、思っているんですが、そんなものがありましたか？」

「ええ、面白い仕掛けが、ありましたよ。今、お見せします」

社長が、笑いながらいい、社員たちに、段ボールの箱を、大量に持ってこさせ、車に積んでいった。

箱を、車いっぱいに積み込むと、社長は、今度は、十津川と亀井の二人を、運転席に案内した。

「ここに、ワイパーの、スイッチがあります。しかし、本当のワイパーのスイッチは、別のところに、あるんですよ。このスイッチを押すと、面白いことになるんです。いいですか、よく、見ていてくださいよ」

社長が、喋りながら、そのスイッチを押した。

途端に、段ボールの箱を詰め込んだ、車の床が二つに割れて、あっという間に、段ボールの箱が、下に落ちて、消えてしまった。

もう一度スイッチを押すと、また、床がもとに戻って、平らに、なってしまう。段ボールの箱は、消えたままである。

社長が、笑いながら、いう。

「一瞬のうちに、段ボールの箱がなくなってしまったでしょう？」

「ええ、驚きました。いったい、どんな、仕掛けになっているんですか？」

「このバカでかい、ワンボックスカーには、床の下に、大きなカゴが、ついているんですよ。そのためには、一定の高さが必要なので、やたらにタイヤが、大きいんです」

「この車は、今回の、誘拐事件の貴重な証拠品になります。ですから、このままの姿で、押収したい。よろしいですか？」

と、十津川が、いった。

2

十津川と亀井が、捜査本部に戻ると、聞き込みに行っていた刑事のほとんどが、すでに帰ってきていた。

十津川が、その刑事たちから、話を聞いた。

「宇垣夫妻と横浜、松江の夫妻との違いについて、何か分かったか？」

西本刑事が、刑事たちの意見をまとめて、答えた。

「話を聞いてみたら、簡単な違いでした。違うのは、株です。宇垣電子の株は、一部上場ですが、横浜の小柴商会と、松江の池内観光の株は、二部上場です。ほかにも違いがあるのではないかと思って、いろいろと調べてみたのですが、それ以外に、三社の違いはありません」

「それで、宇垣電子の株はどうなんだ？　上がっているのか？」

十津川が、きき、今度は、日下刑事が、答えた。

「帰ってきてから、新聞を見たのですが、宇垣電子の株は、千二百円まで上がっていたのですが、社長の宇垣新太郎が、殺された後は、六百円近くまで、下がっています」

「二部に上場している小柴商会と、池内観光の株は、どうなんだ？」

と、亀井が、きいた。

「これも、新聞で見たのですが、どちらも、二部の株としては、優良株らしく、一株で六百円ぐらいに、なっていました。しかし、小柴夫妻や池内夫妻が海外に逃亡した後では、がたんと値が下がっています」

と、日下が、報告した。

十津川は、株の専門家ではないし、彼の部下も株について、詳しいわけではない。そこで、十津川は元大蔵省の官僚で、現在は、株の専門の雑誌を、自ら発行している、株の専門家に会って、話を聞いてみることにした。

3

十津川が、話を聞くことにしたのは、いかにも頭の切れそうな、島本という男だったが、株の話を聞きに来たのが、警視庁捜査一課の刑事だということに興味を持ったらしく、歓迎してくれた。

十津川は、

「専門家の島本さんから見れば、子どもじみた質問を、するかもしれませんが、辛抱して聞いてください」

と、断ってから、

「一部上場と二部上場とは、どこがどう、違うのですか？」

島本が、答えてくれる。

「株が上場されるということでは、同じですが、一般的に見て、一部上場の会社は、いわゆる大会社です。名前を聞けば、誰もが知っている会社ばかりです。二部上場のほうは、それに比べて、規模の小さな会社です。まあ、そのくらいの違いじゃないですかね。基本的には、一部も二部も、同じと考えてもいいと思いますよ」

「会社は、なぜ、株を上場するんですか？　子どもじみた質問ですが、捜査をやっていると、必要になってくるので、お聞きします」

「なるほど、会社は、株をどうして上場するかですか」

島本は、笑いながら、

「一般的にいえば、資金作りのためです。工場に、新しい機械を入れるにしても、社員を増やすにしても資金が必要です。その資金作りのために、株を上場するんです」

「しかし、資金作りなら、銀行に頼んで、融資をしてもらうのが、普通なんじゃありませんか？　私の家の近くに、小さなレストランがあるんですが、そこのオヤジが、店を改造しようとして、銀行に頼んで、資金を借りていましたよ。大会社だって同じでしょう？」

「たしかに、手っ取り早いのは、銀行から融資を受けることです。しかし、銀行だって、その会社が信用できなければ、一円だって貸してくれませんよ。それに、十津川さんが今、例として出された、町の小さなレストランぐらいならば、何とか必要な金を作ることができるかもしれません。しかし、大きな会社となると、必要な資金は、何億円、いや、何十億円、何百億円にもなります。銀行のほうだって、そんな大金は簡単には貸してくれません。そんな時に、自社株を上場するんです。その会社の評判がよければ、すぐ株の値が上がり、億単位の資金を作ることができますからね」

「上場した株の値段が上がればいいですが、逆に、上場した株が、値下がりをしてしまったら、資金なんか作れませんよね？」

「たしかに、十津川さんがおっしゃったように、上場した自社株が、どんどん値下がりしてしまえば、会社は、大きな損失を受けます。破産だってしかねません。もちろん資金作りなど夢になります」

「株を上場するプラス面は、他にもありますか？」

「その会社の株が、安定しているか、あるいは、株価が上がっていれば、その会社は、社会的な信用があると、いえるでしょうね。銀行も信用するでしょうし、取引相手も信用します。更にいえば、優秀な学生が、その会社に就職を希望することにもなります。企業にとって、株というのは、それぐらい大事なものなのです」

「一部に、上場している会社の中に、宇垣電子という会社があるのですが、島本さんは、この会社のことをご存じですか？」

「もちろん、知っていますよ。たしか、先日、宇垣電子の社長さんだったたか、会長さんだったかが、自宅の近くで、殺されましたね。それで現在、株が、下がっているんじゃありませんか？」

「実は、宇垣電子では、前にも、社長の奥さんが誘拐されて、多額の身代金を支払っているのです。このことは、すでに、新聞やテレビでも、盛んに報道されていますが、そのことも、ご存じですか？」

「ええ、もちろん、知っています」

「その際、宇垣電子は、莫大な身代金を払っているんですが、それにもかかわらず、宇垣電子の株は、下がっていなかったんです。今回、宇垣社長が殺されたことで、価格が下がっていますが、その前は、高値で、安定していたんです。そんな巨額な、身代金を払ったのに、どうして、宇垣電子の株は、安定していたのか、私には、その点が不思議なんですが、専門家の島本さんは、その点をどう解釈されますか？」

「そうですね。たしかに、宇垣電子では、犯人に二十億円という、莫大な身代金を支払っていて、その身代金は、まだ、戻ってきていません。その状況でも、宇垣電子の株は、下がりませんでした。むしろ、上がっていました。多くの人々が、宇垣電子が、それだけの身代金を払うことが、できたということから、宇垣電子の財務状況は、問題ないと、判断したんでしょうね」

「もう一つ、質問があるんですが、構いませんか？」

「ええ、構いませんよ。何でも、お聞きください」

「二部に、上場されている会社が、あるんですよ。横浜に、ブランド物の輸入販売をやっている、小柴商会という会社があります。この会社の社長は、小柴英明という男で、この会社の場合は、子どもが誘拐されました。そして、六億四千万円という、こちらも莫大な身代金を、支払っているのです。さらにもう一つ、島根県の松江に、池内観光という会社があって、社長は、池内清志という男なんですが、この社長も、小柴商会の社長と同じように、幼い子どもが、誘拐され、三億六千万円の身代金を払っています。こちらの二社のほうも、二部上場とはいえ、株は、全く下がっていないのです。その後、どちらの会社も、社長夫妻が、海外に逃げてしまったことで、株は下がってしまいましたが、どうして、この二社の株はそれまで、下がらなかったんでしょうか？」

「その理由は、宇垣電子の場合と、同じだと思いますね。小柴商会と、池内観光は、私自身興味があったので、調べてみました。そうすると、やはり銀行が、関係していましたね。取引銀行が、この二社に対して、必要なら、低利で融資をすると、約束して、実際に、融資を実行しているのです」

「なるほど」

「十津川さんがいわれるように、この二つの会社も、莫大な身代金を犯人に払っていて、いまだに、回収できていない。普通ならば、それが、この二社の経営状況を、危なくすると思いますが、今回に限って、危ないとは、見なかったということです。特に、取引銀行がね。逆に大きな身代金を払ったことで、財政状況は、安定していると判断したんじゃありませんか？」

「なるほど。莫大な金額の身代金を、払えるだけの余裕があると、銀行が見たということですね？」

「そういうことになりますよ。ですから、融資の相談にも、応じたんですよ。実は、私が調べたところ今回の事件が起きる前に、取引銀行は、この二つの会社に対して、かなりの金額を、融資しているんです。東京の宇垣電子の場合も、全く同じです。取引銀行が、宇垣電子に対して、多額の融資をしているんです。ですから、銀行は、誘拐で二十億円もの身代金を払っても、宇垣電子に、融資を続けることに、決めたと見ますね」

「東京の宇垣電子、横浜の小柴商会、松江の池内観光ですが、この三社は、どうなっていくと思われますか？」

と、十津川が、きいた。

「この三社については、二つの見方があると、私は、思っているんですよ。この三社は、全く同じように家族を誘拐され、犯人に対して、莫大な身代金を払っています。その時点で、この三社と取引銀行の関係を調べてみたんですよ。そうすると、取引銀行が、この三社に対して、かなりの金額を、融資していることが、分かりました。つまり、銀行が三社を見捨てていないのですよ。ですから、この三社とも、私は、潰れたりはしないと見ています。その理由の第一は、今いったように、取引銀行が融資を続けているからですよ。そして、株主は、こうした情報に対しては、敏感なのです。もし、この三社の株を買おうと考えている人がいれば、必ず取引銀行の融資の状況を調べます。そうして、融資が行われているのが分かって、安心して、三社の株を買うだろうと、私は見ます。この三社は、妻や子どもが誘拐されて、莫大な身代金を払っています。これは、特別損失に、なるのではないか？　そういう見方も、ありますから、この件は、さほどマイナスにはならなかったのかもしれません」

「国税庁が、この三つの会社に対して、ある程度、減税すると、思われますか？」

「家族が誘拐されて、身代金を払わなければ殺すと、犯人に、脅かされたわけですからね。もし、この三社の社長が、身代金を、払わなかったとしたら、家族は殺されているでしょう。そう考えれば、おそらく、この三社に対して、減税を考えてもいいと、思いますね」

と、島本が、いった。

「それは、三社全部に、適用されるということですか？」

「これは、私の個人的な願望ですがね。横浜の小柴商会と、松江の池内観光に対して、国税庁が、ある程度の減免措置を、取るかもしれませんね。宇垣電子は、社長の宇垣新太郎さんが、殺されてしまったので、一時的に、株は下がりました。早く後継者を決めて、事業を続けていけば、銀行も、これまで通りの融資を、続けると思うし、国税庁のほうでも、減免措置を取ると思いますから、将来が暗くなるとは、私は見ていないのですよ。そのうちに、間違いなく、宇垣電子の株も、また、上がってくるだろうと思いますね」

と、島本が、いう。

十津川は、まだ、必要な知識を手に入れたとは、思えなかった。

だから、更に食い下がった。

十津川は、質問を続けた。

「東京の宇垣電子と、横浜の小柴商会、松江の池内観光との違いは、株から見ると、一部上場と二部上場の、違いだけですか？ほかにも、何かありますか？」

「一部、あるいは、二部の上場だからといって、それほどの、違いはありません。決定的な違いは、会社の大きさの違いでしょうね。もちろん、会社が大きくなればなるほど、発行している株の数も多くなります。宇垣電子の場合、現在発行している株の数は、三百万株です。それに比べて、小柴商会と、池内観光は、いわば家内工業が少し大きくな

った という感じで、株の数も何万というところで、その上、株のほとんどを身内か、社員で、持っていますから、株を買い占めて、小柴商会や池内観光を乗っ取ろうというのは、まず、難しいでしょうし、中小企業のこの二社を乗っ取ろうとする人もいないと思うのです。その点、宇垣電子は、もちろん、社長や社長の一族が、大株主ではありますが、ほかにも何人かの、大株主がいるので、宇垣電子の宇垣社長は、株主の意向を、無視できません。それで、毎年、株主総会を開き、現在の会社の営業成績や株主に対する配当などを、報告しなければなりません」

「そうだ、株主総会があるんだ」

十津川は、大声を出した。

「宇垣電子の株主総会は、いつ開かれますか？」

「私の知っている限りでは、今月中に、宇垣電子の株主総会が、開かれることになっています」

と、島本が、いった。

「そういうことだったんだ。宇垣電子は、今月中に、株主総会を、開かなければならなかったんだ」

十津川は、ひとりで、うなずいていた。

その株主総会で、社長の宇垣は、現在の会社の経営状況などを、株主に、報告しなければならない。だから、宇垣は、小柴や池内のように、夫婦揃って、海外に逃げ出すことができなかったに違いない。十津川は、そう推測した。

「去年の宇垣電子の株主総会の模様を知りたいのですが、どこに行けば、わかりますか？」

「宇垣電子に行けば、毎年の株主総会の記録が、残っているはずですよ」

島本が教えてくれた。

「小柴商会と、池内観光のほうは、どうですか？　株主総会は、それほど、意味がありませんか？」

「そうですね。株の大半を一族で持っていますからね。小柴商会と池内観光の営業実態を、知りたければ株の動きよりも、毎年の、税金の申告書を調べたほうが、実情が分かると思いますよ。もちろん、宇垣電子の場合も、株主総会のほかに、毎年の税務申告書を同時に調べたほうがいいと思いますよ」

島本が、いった。

4

十津川は、捜査本部に戻ると、部下の刑事を集め、まず、宇垣電子の去年と一昨年の株主総会の記録を提出してもらい、それを、分析するように命じた。

その一方で、ここ三年間の宇垣電子の納税状況を、調べることにした。どちらも、国税庁のOB二人に、いろいろと、教えてもらいながらの、作業となった。

まず、ここ二年間にわたる、株主総会の記録である。

去年と一昨年の株主総会は、冒頭で、宇垣社長の、挨拶があるのだが、自信にあふれて見えた。

その宇垣社長の挨拶である。

「わが国の電子業界は、冷え切ってしまっています。自ら設備投資を減らし、生産を調整し、更にリストラをする。亀が首を縮めている状況です。これでは、自ら首を絞めているわけで、中国や韓国に、対抗できるはずがありません。そうした中で、わが、宇垣電子だけは、設備投資を増やし、全ての部門で二割増産を、計画し、それを、達成しています。経常利益も年々二割方上昇し、株主の方々に対して、配当を、差し上げることができました。宇垣電子の社長として、こうしたご報告ができることは、大変な喜びであります」

その翌年の株主総会における宇垣社長の冒頭の挨拶。

「この業界の、惨憺（さんたん）たる有り様を、皆さんは、どのように、お感じになるんでしょうか？　かつて、世界を支配していた日本の電子業界は、いずれの会社も、マイナス決算で、工場を閉鎖したり、従業員のリストラに、走っています。これでは、中国、韓国との差は、ますます大きくなるばかりです。不利な時こそ、攻勢に出なければいけないのです。今年も、わが宇垣電子は、工場閉鎖やリストラの嵐の中で、設備投資を行い、工場を新設し、業績を伸ばしています。経常利益は、いぜんとして、毎年二割方伸びていますから、株主の皆さまには、今年も嬉しいご報告をすることができます」

この二年にわたる、株主総会での、宇垣社長の挨拶が、本当に、その通りのものかどうかを、十津川たちは、国税庁のOB二人の助けを借りながら、調べていった。決算書に、株主総会での勇ましい宇垣社長の挨拶が、そのまま反映されているかどうかを調べるのである。

十津川は、決算書に、熱心に目を通している助っ人の言葉を待った。

「二年間の決算書を見ると、宇垣電子は、この不景気の中で、毎年二割ずつ売り上げを伸ばしていますね。これだけ見れば、優良企業といえるでしょうね」

と、助っ人の一人が、いった。

「それでは、宇垣電子の事業報告には、何の問題もない。正しく、報告されているということになりますか？」

十津川が、きいた。

「数字を見る限りでは、問題はありませんね」

十津川の顔を見ながら、助っ人は、そんないい方をした。

「数字を見る限りというのは、どういうことですか？」

「宇垣電子は、二年前に、大手の都市銀行から、五百億円の融資を受けています。去年になると、同じく、大手の都市銀行から、今度は前年の、二倍の一千億円もの融資を受けています」

と、一人の助っ人がいうと、横から、もう一人が、

「私たちから見ると、その点がちょっと気になりますね」

「大手の銀行から、融資を受けるのはまずいんですか？」

「いや、決してそんなことはありません。今、銀行からの、融資は、ひじょうに難しくなっています。審査が厳しくて、なかなか貸してくれません。それなのに、大手の銀行から、五百億円、一千億円と、二年続けて、多額の融資を受けているということは、ある意味でいえば、宇垣電子が、優良企業だという証明にもなりますからね。つまり、それだけ、銀行から、信用されているということですよ」

「それなら、何の問題も、ないんじゃありませんか？」

「そうです。ただ、もう少し詳しく、この数字を調べてみたいのです」

と、助っ人の一人が、いった。

しばらくして、助っ人の二人が、同時に、十津川に向かって、

「この数字が、どうも気になって仕方ないんですがね」

二人が、口を揃えて指摘したのは、宇垣電子の製造した大型テレビの海外輸出の項目だった。

「ここを見ると、宇垣電子が、製造した大型テレビが、アメリカに輸出されて、この年、かなりの利益を、上げている。これが、どうも引っかかってくるんです」

「具体的にいうと、どこがおかしいんですか？」

「私は、たまたま、韓国のサムスン電子が、大型テレビの対米輸出で、いくらの利益を、上げたかを、知っているんですよ。サムスンが、対米輸出で上げた利益よりも、こちらのほうが、大きいのです。どう考えてもあり得ないことです」

「つまり、宇垣電子の数字が、おかしいということですか？」

「そうです。この年、大型テレビの対米輸出で、日本の電機メーカーは、サムスンに、大きくリードされているんです。それなのに、宇垣電子一社で、対米輸出の利益が、サムスンよりも、大きいというのは、どう考えても、おかしいですよ」

「つまり、この数字が、ウソだということですか？」

「もう少し丁寧に見てみないと、はっきりとは分かりませんが、その可能性が大きいですね。この書類を見た人は、何気なく見過ごしてしまったんでしょうが」

「しかし、今の話が正しければ、儲かってもいないのに、儲かったと、ウソをついて、申告したわけでしょう？　そんなことをしたら、税金を余計に取られることになって、かえって損なんじゃありませんかね？　どうして、そんなことをするのか、よく分かりませんが」

亀井が、笑うと、助っ人も、笑って、

「たしかに、亀井さんの、おっしゃる通りです。税金を払うという点から見れば、損をすることになります。その代わり、宇垣電子が、儲かっているとなれば、大手の銀行からの多額の融資を受けられますし、第一の利点は、株価の値上がりですよ。その金額も、半端じゃありません。株の発行数が三百万株もありますからね。一株が十円上がっても、利益は、三千万円にもなるんです。株の値上がりを利用して、資金を調達できます。現に宇垣電子は、銀行から一千億円の融資を受けた年に、新株の発行で、二千億円の資金を調達しています」

「その辺りのことを調べる必要がありますね」

「そうです」

と、助っ人の一人が、大きな声で、十津川に、いった。

「もし、この数字が、操作されているとすれば、これは、間違いなく、粉飾決算です。企業としては、絶対に、やってはいけないことです。粉飾決算は、れっきとした、犯罪ですからね」

助っ人の一人が、十津川の頭の中にあった粉飾決算という言葉をはっきり口にした。

5

十津川は、神奈川県警の広田警部と、島根県警の小西警部に、東京で調べた結果を、そのまま知らせることにした。

「事件のカギが、見えてきましたよ。それは粉飾決算です」

十津川は、いい、国税庁のＯＢに、説明されたことを、そのまま電話で伝えた。

「そちらでも、小柴商会と池内観光が、粉飾決算をしていれば、その時点で、今回の奇妙な誘拐事件は、真相が見えてきたといえるんです。ですから、その点を調べて、分かった時点で、こちらに、報告していただきたいのです」

と、十津川が、いった。

東京では、その二日後、宇垣電子の株主総会が行われた。

本来であれば、宇垣社長が、議長を務めるべきなのだろうが、宇垣は、すでに、死んでしまっているため、副社長の佐伯が、代理の議長を務めた。

宇垣社長ほどの、熱っぽさはなかったが、それでも、佐伯は、宇垣電子が今年もまた増産し、去年より二割方、利益を上げると、約束した。

集まった株主たちは、その報告を受け入れ、誰一人、反対意見もいわずに、株主総会は、静かに終わった。

それを見ていて、十津川はますます、一つの言葉に、執着した。それは、「粉飾決算」という言葉である。

次の日、十津川は亀井と二人、宇垣電子の本社を訪ねると、受付の女性に、警察手帳を示して、誘拐及び殺人事件の参考人として営業部長に話を聞きたい旨を告げた。

二人の前に現れたのは、三浦という男だった。十津川には、この男の顔に見覚えがあった。この営業部長は、昨日の株主総会で、宇垣電子の経営状態が、いかに良いかを、延々と説明していた男だった。

応接室に通され、三浦の前に座ると、十津川は、いきなり、

「われわれは今、宇垣電子に関係する二つの事件を捜査しています。したがって、こちらの質問に対して、ウソをいってもらっては、困ります。あなたが、ウソをついたら、われわれとしては、あなたを、容疑者の一人と見なさなくては、ならなくなりますからね。そのことを忘れないでください」

と、脅かしておいてから、

「宇垣電子の、決算書ですが、そこに書かれた全ての数字は、もちろん正確なものですよね？　あの中には、ウソの数字はありませんね？」

「もちろんです。この決算書は、昨日の株主総会で、承認されているものですから、正確です」

三浦部長は、誇らしげな顔で、十津川に、いった。

「実は、おたくの過去の決算書を、専門家にお願いして、見てもらったのですよ。すると、おかしな点が、何ヵ所かあるとの、指摘を受けたのです。はっきり申し上げると、粉飾決算の可能性があるというのですよ。それで、三浦部長にお聞きするのですが、例えば、大型テレビの対米輸出の金額が、間違っているということはありませんか？」

「いや、正確ですよ。間違っているなんてことは、絶対にありません。先ほども申し上げましたが、これは、株主の皆さんにも、説明して、承認された決算書なんですよ。それが間違っているなんてことが、あるはずがないじゃありませんか」

三浦部長が、強い口調で、きっぱりといった。

十津川はすぐ、携帯を、取り出した。

「では、国税庁のOBを、ここに呼ぼうと思うのですが、よろしいですか？　その前に、今の答えが、間違っていたら、訂正したほうがいいと思いますがね。もし、税の専門家が調べたら、間違いを全て指摘され、場合によっては、大きなペナルティを受けることになると思いますよ。そんなことになっても、いいんですか？」

と、十津川は、脅かした。

途端に、三浦部長の顔が、青ざめた。十津川の言葉が、単なる、脅かしではないということが分かったからだろう。

「ちょっと、お待ちください」

三浦部長が、いい、いったん、応接室から出て行き、今度は、佐伯副社長を連れて戻ってきた。

その佐伯副社長が、十津川に向かって、

「今、三浦部長と、話し合ったのですが、どうやら、決算書に、誤りがあったようです。ここ二年間、わが社は、マイナス成長だったのに、それを、間違えて、プラス成長と報告してしまったようです。急いで、二年間の決算を、もう一度やり直して、当該官庁に報告することに、決めました。それでよろしいでしょうか？」

「それは貴社は二年間にわたって、粉飾決算を、続けてこられたということですね？粉飾決算を行ったことを、お認めになるのですね？」

と、十津川は、意地悪く、念を入れた。

佐伯は、青ざめた顔で、

「われわれとしましては、粉飾決算とおっしゃられると、困るのですが、決して意図してやったことではありません。これは、計算上の間違いなので、それを、訂正するだけのことなのです。訂正した後の結果は、当該官庁だけではなくて、警視庁にも報告することにいたします。それでよろしいでしょうか？」

佐伯副社長は、訂正して報告し直すという言葉を、繰り返した。

6

翌日、神奈川県警の広田警部と、島根県警の小西警部が、調べた結果を持って、東京に集合した。

まず、神奈川県警の広田警部が、調べた結果を話した。

「横浜の小柴商会ですが、バブルの頃は、輸入した海外の有名ブランド品が、飛ぶように売れて、かなり、儲かったそうです。それがここのところ、日本全体が、不景気になったために、輸入した高価なブランド品が、ぱったりと売れなくなってしまった。そのため、赤字が続いているが、このままでは、ジリ貧になってしまう。そこで、税金の申告の時には、儲かっているように書き込んで申告した。粉飾決算です。何で、そんなことをやったのかと聞くと、儲かっていない、赤字続きだと、正直に申告すると、銀行からの、融資が受けられなくなってしまうからだそうです。赤字続きなので、銀行の融資が、唯一の助けだというのに、それが、切れてしまったら、会社自体が潰れてしまう。そこで、決算書にはウソの数字を並べ、二年続けて銀行に融資をしてもらった。小柴商会の社長夫婦は、ハワイからの電話でそういう説明をしています」

と、広田警部が、いった。

次は、島根県警の小西警部の説明である。横浜の小柴夫妻と同じように、東南アジアに逃げていた池内夫妻だが、急遽帰国したという。

「池内社長に確認したところ、最初は、粉飾決算なんてやっていないと、頑なに、いい張っていましたが、こちらがさらに、問い詰めると、ここ二、三年、島根でも観光客の数が、減ってしまっている。当然、会社も黒字から赤字に、なってしまった。このままでは、銀行の融資も受けられないから、会社が潰れてしまう。そこで、架空の数字を計上し、赤字なのに黒字と書いて、二年間、税金の、申告をした。そのおかげで銀行からは、融資を受けられて、一息ついているのだが、もちろん悪いことをしているという、意識はあった。しかし、そうしないと、生きていけなかったと池内社長は、話しました」

と、小西が、いった。

十津川は、二人の話を聞き終わると、ニッコリして、

「これで、全て分かりました。事件の根本には、三社の粉飾決算が、あったんです。三

社に共通した奇妙な事件のほうは、これで解決です」

第七章　人生の計算

1

その日の夕方に開かれた、捜査会議で、十津川は改めて、今回の一連の事件に対する自分の考えを、三上本部長に説明した。

「今回の一連の事件の中の三件の誘拐事件について、私の考えを説明したいと思います。問題の三件の誘拐事件は、東京の宇垣電子をはじめとして、横浜の小柴商会と松江の池内観光の合わせて三社が、揃いも揃って数年前から粉飾決算をしていたことに、始まっています。その三社の中で、宇垣電子は、いちばんの大会社であり、また、一部上場の会社でもあるので、この宇垣電子のケースについて話を進めたいと思います」

十津川は、一瞬、間を置いてから、

「宇垣電子は、実際には、経営がかなり苦しかったのですが、宇垣社長は、そのことが明らかになって、大手の銀行からの融資が、途絶えてしまうことを、恐れていました。また、赤字経営が公になって株価が下がってしまう事態は何としてでも、避けなければなりませんでした。もし、この二つが現実になってしまったら宇垣電子そのものの存続が危うくなってくるのです。そこで、宇垣社長の一存で、二年前から、やってはいけない粉飾決算を続けていたのです。実際には、経営状態が苦しく、赤字続きだったのに、毎年、生産量は二割ずつ伸び、純利益も、それに応じて毎年着実に、伸びているとして、いわゆる粉飾決算に、手を染めていたのです。幸か不幸か、この不正行為はバレずに、宇垣電子には毎年、大手銀行からの融資が、五百億円、一千億円と続いていました。また、宇垣電子の株価も、毎年高くなっていて、株価の上昇を利用して、資金の調達もできました。ですから、このまま行けば、あと二、三年は、粉飾決算がバレずに、大手銀行からの融資が続き、また、株価も上昇していたものと思われます。ところが、宇垣電子にとって、思いがけない事態が、突然起きたのです」

「つまり、それが、群馬県安中市の関係する件ということかね？」

と、三上が、きいた。

「そうです。群馬県の安中市では、長野新幹線が通ったこと、安中榛名という新しい駅が、安中市内にできたことで、周辺は大いに活性化するとみて、一時は市長をはじめ、市民全員が喜んでいたのですが、いざ新幹線が開通すると安中榛名駅が生まれたのに、それを利用しようという客が、一向に増えず、日本中の新幹線の駅の中でも、二番目に、乗降客の少ない駅となってしまいました。当然安中榛名駅周辺の地価も期待したようには上昇せず、新幹線が通ること、新幹線の駅ができることで、地価の上昇を見込んで、市が造成した以外の、駅前の土地を、買い占めていた人々は、地価が上がらずに大損をし、税収が増えることを期待していた市のほうでも、思った税収が得られず、財政状態は、苦しいままになってしまいました。そこで、安中市が、苦肉の策として考えついたのが、安中市を出ていった、安中出身の人たちの愛郷心に訴えて、多額の寄付をしてもらおうということでした。それによって、冷え込んでいる安中の経済を、活気づけようと考えたわけです」

「なるほど。マークされた安中出身の実業家の中に、今回の殺人事件の被害者になった宇垣電子の社長、宇垣新太郎もいたというわけだな？」

「そうです。祖父が安中生まれの宇垣社長のほかにも、横浜で小柴商会というブランド製品の輸入販売会社をやっている小柴英明、松江で池内観光という観光会社をやっている池内清志の二人も、父親か本人が安中の出身であることが、分かりました。安中市側では、この三人の会社が、毎年のように儲かっていて、大きな黒字を出していることを知って、ほかの安中出身者の誰よりもこの三人に、大きな期待を寄せたのです。安中に招待し、この三人に対しては、ぜひ、郷里の安中市を救うために、多額の寄付をお願いしたいと市長みずから頼んだわけです。ところが、この要請を受けて困ってしまったのは、三人のほうです。宇垣新太郎は、今もいったように、毎年、業績が悪くて赤字経営なのを隠して粉飾決算をしていましたからね。そして、毎年、二割ずつ事業を拡大して、当然、それに合わせて経営も黒字になっていると、ウソの経営状況を報告し、そのおかげで銀行の融資を受け、株価が高くなっていましたからね。しかし、安中市長から、ぜひとも、高額の寄付を、お願いしたいといわれて、困ってしまったのです」

「それは、どうしてかね？」

「実際は赤字なのに、粉飾決算をして、毎年二割ずつ業績が上がっていると、発表していたからです。本来なら、会社は赤字ですから、寄付を断るか少額ですませたいところです。しかしそれでは国税に、怪しまれる恐れがあります。それでなくても国税は、宇垣電子に、粉飾決算の疑いをかけているでしょうから。そこで、ここは、どんと高額の寄付をしなければと、宇垣社長は考えたに違いありません。何よりも、粉飾決算がバレるのが怖かったのです。もし、バレたら宇垣電子は、遅かれ早かれ破産してしまいます。宇垣社長は、それを何よりも恐れたんです。横浜の小柴商会と、松江の池内観光についても同じことがいえます。この二社のどちらもが宇垣電子と同じウソの事業報告をしていました。いわゆる粉飾決算です。儲かっているように偽装して、銀行から多額の融資を受けていました。しかし、宇垣電子と同じく、実態は赤字ですから、多額の寄付はできませんなどと、事実を正直には口が裂けてもいえなかった。宇垣電子と同じように、そんなことをすれば、自分の会社の破産につながりかねないからです。そこで、この三社は、多額の寄付を約束しました。宇垣電子でいうならば、二十億円です。これは、粉飾決算で、去年の純利益を二十億円と、発表していますから、おそらく、安中市長から、それと同額の援助を、頼まれて断りきれず、二十億円を寄付すると約束してしまったに違いありません。小柴商会、池内観光も同じように、ウソの黒字の純利益を寄付すると、約束してしまったのです」

「しかし、この三社は、粉飾決算をしていて、実際には、儲かっていないんだから、安中市に対して、そんなに寄付をしてしまったら、経営が苦しくなってしまうんじゃないのかね？」

と、三上が、いった。

「もちろん、その通りです。今もいったように、粉飾決算がバレないようにするために、三社が三社とも、多額の寄付をしなくてはならなくなってしまったのです。繰り返しますが寄付を断ったり値切ったりすれば粉飾決算がバレる恐れがある。そうしたら、銀行の融資が受けられなくなって、ウチの会社は終わりだ。三社の社長は全員、おそらく、そう考えたのでしょうね。しかし、今、本部長がいわれたように、実際に、そんな多額の寄付をしたら、会社の経営が苦しくなってしまいます。そして考えたのが、誘拐事件だったのではないでしょうか？　同じ破目に陥ってしまった三社の社長が相談し合って、偽りの誘拐事件をでっち上げたのだと、思います。そこで宇垣電子では、宇垣社長の若い後妻の恵、三十二歳が誘拐され、犯人は、身代金として二十億円を、要求してきたのです」

「二十億円というのは、誘拐事件の身代金としては、かなりの金額だぞ。今まで、そんな高額の身代金が、要求されたことなど聞いたことがないからな」

「たしかに、そうです。ですから、もっと早く私たちは、この誘拐事件は、どこかおかしいと、気づくべきだったのです。二十億円という身代金は、粉飾決算した去年の、純利益と同額ですし、安中市に約束した寄付の金額と、同額だからです。また最初に誘拐事件を起こした、宇垣電子の場合は、私たちが見張っていたにもかかわらず、二十億円の現金を、あっという間に、奪われてしまいました。全く同じことが、横浜でも、松江でも、続けて起きたわけです。こちらのほうも、純利益を、犯人が、身代金として要求し、いずれも、身代金は、まんまと奪われてしまったのです」

「安中市の寄付のことは、その時には、知らなかったんだろう？」

「はい。ですが、三社長とも、安中の生まれか、父親か祖父が安中の生まれでした。そのことを軽視していたんです」

2

「この誘拐事件について、君は、全く疑わなかったのかね？」

三上本部長が、意地の悪い質問をした。

「申し訳ありません。最初は、全く気づきませんでした」

十津川は、正直に、いった。

「ただ、宇垣電子の二十億円、小柴商会の六億四千万円、池内観光の三億六千万円という身代金の要求の金額が、やたらに、大きいことに、私たちも、ちょっとおかしいなとは思っていました。ただこの時は、この三社が、ウソの誘拐事件を計画したとは全く考えていませんでした。今から考えると、この三社、特に宇垣電子の宇垣社長は、この時、必死になって芝居をしていたわけです。何しろ、ヘタをすれば、宇垣電子が、潰れてしまいますから。とにかく、この芝居は成功して、二十億円という高額な身代金について、新聞は、大きく書き立てましたし、テレビのニュースは、長時間放送しました。誘拐事件をでっち上げることで、宇垣社長たちは、あることを、期待していたのではないかと、思います」

「あることとは何だね？」

「誘拐事件に遭遇し、妻や子どもを取り戻すために、犯人に巨額の身代金を払ったことで、国税が、税金を免除してくれる可能性はないかと、考えていたのではないかということです」

「宇垣電子についていえば、誘拐事件が起きて、身代金で二十億円という大金を払ってしまったからといって、税務署が、そのまま二十億円を控除してくれるとは、限らないんじゃないのかね？　おそらく、そんな前例はないはずだ」

と、三上が、いった。

「たしかに、そうですが、たとえ税務署が認めてくれないとしても、宇垣社長は、マスコミが報じた誘拐事件の記事を、安中市長に見せて、この事件のために、予定していた高額の寄付ができなくなってしまいましたと、弁明するつもりでいたのかもしれませんね。何しろ、誘拐事件のせいで、寄付が難しくなったといえば、相手は、仕方がないと納得してくれるのではないか？　宇垣社長は、そう考えていたと思うのです。宇垣社長にとって、寄付せざるを得ない二十億円がゼロになるだけでも、助かりますから」

「宇垣社長の、夫人の恵さんは、誘拐事件が、芝居だったと認めているのかね？」

三上が、きいた。

「今までのところ、認めてはいません。自分は誘拐事件の被害者であるといって、誘拐事件が偽装であることを、全面的に否定しています。横浜と松江の小柴商会と池内観光のほうも、まだ、認めていないようですが、もともと三件の誘拐事件とも芝居だったことは、間違いないわけですから、調べていけば、必ず明らかになるはずです」

「なるほど。誘拐事件の方は、君の説明で一応分かったが、東京で起きた殺人事件のほうは、どう解釈しているのかね？」

三上が、改まった口調で、きいた。

3

「今回の一連の、誘拐事件が芝居ではないかという疑惑が生まれ、更に粉飾決算をしていたことがバレてしまいそうだと分かったからでしょうか、横浜の小柴商会と、松江の池内観光の夫婦は、突然、日本を離れて、海外に逃げてしまいました。ところが、宇垣社長も、その妻、宇垣恵も、海外へ逃亡する気配は、全くありませんでした。どうして、宇垣電子社長とその妻が海外に逃げなかったのか？　それを考えてみたのです」

「それで？」

「宇垣電子は、ほかの二つの会社と違って、規模が大きく、株は一部上場で、その数は、三百万株ともいわれています。もし、社長夫妻が、海外に逃げたりすればその株価は、あっという間に下がって、最後には、紙屑同然になってしまう。そうなれば間違いなく宇垣電子は潰れてしまうわけです。そこで、宇垣夫妻は、平気を装って日本に残り、以前と同じような日常生活を送っていたのだと考えました。明日、宇垣社長の家に行き、恵夫人に会って、話を聞いてくるつもりです。宇垣新太郎が殺された理由については、だいたいの想像がついています」

「それを、ぜひ、話して貰いたいね」

と、三上が、いった。

「これは、計算による殺人と見ています」

「計算とは、何のことだ？」

「恵は後妻で、夫と年齢に二十八歳の開きがあります。それが、結婚したのは、愛情からというより、宇垣の資産が目当てだと思います。別にそれが悪いとは、私は思いません。ところが、ここにきて、宇垣電子そのものが危なくなってきました。恵は、敏感に感じ取って、計算したのです。このまま、会社が潰れてしまったら、財産もゼロになってしまう。そこで恵は考えた、計算したと思うのです。まだ会社が危ないと知られないうちに、手持ちの株を全部売ってしまう。預金も全部下ろして、別の名義にする。そうしておいて、離婚すれば財産の大部分は、自分に残ると計算したが、夫の宇垣が頑として離婚に応じてくれない。そこで、夫を殺した。今、調べたところ、宇垣電子の株が、大量に売られているそうです」

と、十津川は、いった。

4

十津川は、亀井刑事を連れて、世田谷区成城の宇垣新太郎の豪邸に行き、宇垣の妻、恵に会った。

三十二歳の宇垣恵は、夫が殺されたというのに、元気だった。

その恵が、ニッコリして、十津川に、いった。

「昨日付けで、私が宇垣電子の社長に、正式に、就任いたしました。今まで長いこと、主人の秘書をやっていた安田さんには、引き続き、私の秘書を、やってもらうことになりました」

その三十代の安田秘書が、十津川に向かって、

「今までの取引銀行に、お願いしたところ、引き続いて、今まで通りの、融資をしていただけることになったので、ホッとしているところです」

「お元気ですね」

皮肉ではなく、本心から、十津川は、恵にいった。

六十歳の宇垣新太郎は、先妻が、亡くなった後、この三十二歳という若い恵を後妻に迎えた。彼女があまりにも若いために、新しく社長になりましたといわれても、最初は何となく、頼りなく見えた。それに、この新社長は、裏で、さっさと、宇垣電子の株を売り払っているのだ。

十津川は、株のことは、黙って、誘拐事件について、質問した。

「二十億円を運んだ、問題のワンボックスカーは、誘拐事件の証拠品なのに、われわれが調べたところ、なぜか、埼玉県西部の廃車工場にありました。どうして、あのワンボックスカーを、廃車工場に渡してしまったんですか？　それは、恵さんの考えですか？それとも、安田さんの考えですか？」

十津川が、二人の顔を見比べながら、きいた。

「その件は」

と、安田秘書が、話そうとすると、それを制して、恵が、

「私です」

と、いう。

「あなたは、どうして、そんなことをしたのですか？　事件の証拠品なのに」

「誘拐されたのは、私なんですよ。あんな車が、そばにあると、いつまでも、あの、恐ろしい事件のことが蘇（よみがえ）ってきて、辛くなるんです。それで、渡してしまったんです。そうすれば、あの事件のことを、思い出すこともなくなるでしょうから」

「それだけですか？」

十津川の横から、亀井が、きいた。

「ええ、それだけです。ほかには、理由なんかありません」

「あのワンボックスカーは、危うく屑鉄に、なってしまうところでした。その寸前に、廃車工場のほうから、私のところに、連絡がありましてね。それで見に行って、あのワンボックスカーの構造に、やっと、気がついたわけです。改めて、あの車を調べてみて、そのからくりが分かりましたよ。普通よりも大きく作ってある特注の車で、そのおかげ

で、二十億円の現金を積むことが、できたのですが、運転席にあるワイパーのスイッチを押すと、広い床が真ん中から二つに、パカッと割れるんですよ。途端に二十億円の一万円札の束は、あっという間に、床下に作られた大きなカゴに、落ちてしまい、床が元通りに閉まってしまうのです。二十億円の現金が、あっという間に、消えてしまうわけです。これを見た瞬間、あの誘拐事件が、本物の誘拐ではなくて、仕組まれたものだということを、確信しましたよ」

十津川は、恵と安田秘書に、廃車工場で撮ってきた、何枚かの写真を見せることにした。

「その写真を見ていただければ、私の話したことは、簡単にお分かりになりますよね？もちろん、亡くなった宇垣社長は、この写真の、ワンボックスカーに、犯人からいわれるままに二十億円の現金を積んで、出かけていきました。そのあとあっという間に、二十億円は消えてしまったのです。私たちは、てっきり、犯人が奪い去ったものと思っていたのですが、この写真のように、巧みなトリックがあったんですよ。この車の構造を、持ち主だった宇垣社長が、知らなかったはずはありません。宇垣社長は、この車のこと、を、知っていて、二十億円を載せて、それを、われわれに消して見せたわけですよ。おかげで、私たちは、犯人にまんまと二十億円もの身代金を、奪い取られた、バカな刑事として、批判されながら、存在しない犯人を、ひたすら、追いかけていたわけです。新社長のあなたも、このワンボックスカーの仕組みは、もちろん、ご存じだったんでしょうね？」

と、十津川が、恵に、きいた。

「いいえ」

恵は、小さく首を横に振って、

「私は、車のことは全く知りません。その車に、いつも、乗っていたわけじゃありませんから」

「そうすると、この、ワンボックスカーは、宇垣社長が、勝手に用意した車ですか？ウソの誘拐事件を、引き起こすために必要な小道具として、宇垣社長が、この車を急いで作らせたというわけですか？」

「さあ、どうでしょう？　私には、何も分かりません」

「本当に、分からないのですか？」

「ええ、もちろん。だって、私は、犯人に捕まって、誘拐されていましたから、主人が、身代金の二十億円を、写真のその車に積んで、犯人に、渡そうとしていたことなんか何も知りません」

と、恵が、いう。

十津川は、隣にいる、安田秘書に目をやって、

「あなたは長年ずっと、宇垣社長の秘書をやって来られたんでしょう？」

「そうです」

「それならば、誘拐事件の時に使われた、この車のことは、よく、ご存じだったのでは、ありませんか？」

「いや、私も奥さんと同じで、この車のことは、今刑事さんから、お聞きするまで、全く知りませんでした。社長が、個人的に、お使いになる車だと思っていましたから」

と、安田が、いう。

「あなたは、宇垣社長のことなら何でも知っているはずですよ。秘書の安田さんは、社長以上に、社長のことを知っている、という社員が何人もいるんですよ」

十津川が、いった。

「たしかに、私は、社長と一緒にいる時間が長かったですからね。ほかの人よりは、知

っているかもしれませんが、社長の全てを、知っているというわけじゃありませんよ」

「誘拐事件のような、大きな事件に巻き込まれたわけですから、宇垣社長は、秘書のあなたに、いろいろと、相談されたんじゃありませんか？」

亀井がきく。

「いや、特に、相談らしいことはありませんでした。亡くなった、宇垣社長はワンマンで、特に、個人的な問題については、私たち社員には、何の相談もなく、ご自分で解決されてしまうんです。そんな人でしたから、今回の誘拐事件についても、一人で、解決しようとされていたんです」

「しかしこのワンボックスカーが、誘拐事件の大事な、証拠品だということは、もちろん、あなたも、ご存じだったわけでしょう？」

十津川がきく。

「ええ、もちろん、知っておりました」

「大事な証拠品を、恵さんは、廃車工場に、渡してしまったんですよ。秘書のあなたは、どうして、止めなかったんですか？」

十津川が、きくと、安田秘書は、恵に目をやって、

「もちろん、大事な証拠品だということは知っていましたが、奥さんが、見るのも嫌だ、一日も早くどこかに、やってほしいというので、これはもう、廃車にしてしまったほうがいいなと思いました。それに、警察は、何回も、その車を調べていたわけですから、証拠品としては、もう必要ないんじゃないかと、思ったので、処分してしまいました。その点は申し訳ないことをしたと、反省しております」

安田は、しおらしいことを、いった。

「こうなってくると、あの誘拐事件は、警察をというよりも、社会を騙すための、芝居だったとしか思えないのですよ。ですから、新社長の恵さんと安田秘書には、この際、本当のことを、しゃべっていただきたいのです。特に、恵さんは、犯人に誘拐されたんです。それで大騒ぎになって、二十億円という、ばか高い身代金を払うことになったわけでしょう。われわれ警察としては、その間の事実を、この際、はっきりとしゃべって、いただきたいのですよ。あなたは、本当に、犯人に、誘拐されたのですか？　それとも、どこかに、姿を隠してあの誘拐事件をでっち上げたのですか？　どっちですか？」

と、十津川が、きいた。

「私が誘拐されたのは、本当です。私は、犯人に誘拐されて、睡眠薬で眠らされていたんです。夫が、犯人に要求されるままに、二十億円もの身代金を用意してくれて、それを犯人に支払ったので、無事に帰ってくることが、できたんです。それが、事実です」

恵の笑顔は、すっかり消えてしまっていて、必死の表情になっていた。

そんな恵を助けるように、或いは、はぐらかすようにか、安田が、十津川に向かって、

「申しわけありませんが、待てない仕事がありますので、一時、中座させていただけませんか？」

「構いませんよ。どうぞ」

と、十津川は、あっさり許可した。予想していたことだったからである。

安田は、拍子抜けの表情で、「それでは」と、恵に短かくいって、部屋を出て行った。

十津川は、ひとりになった恵に、

「犯人が、どんな男だったのか、犯人が、どんな話をしたのかとか、何でも、結構ですが、覚えていることがあればぜひ、それを、話してください」

「いきなり誘拐されて、運転を強要されていたんです。ですから、犯人の顔も、きちんと見ていないので、お話ししたくてもできません。ごめんなさい」

「しかし、犯人の声は、聞こえたんじゃありませんか？」

「ええ、少しは」

「どんな声でした？」

「そうですね、どちらかといえば、聞き取りにくい、低い声でした。それに、何となく、東北の訛りが、あったような気がします」

と、恵が、いった。

十津川は、微笑した。

安田秘書は、どちらかといえば甲高い声で、訛りはない。だから、恵は、その安田の声の反対をいっていると、思ったからである。

「誘拐事件が芝居ではないかと、私が、気づいたのは、宇垣電子が、ここ二年間、粉飾決算をやっていることが、分かったからですよ。毎年、二割ずつ事業が拡大し、経常利益も二割ずつ、増えていると発表しているが本当は赤字経営だった。それなのに、宇垣社長は、粉飾決算を続けていた。これは、私たちが、専門家に頼んで、三年間の、宇垣電子の国税庁への申告書類を調べてもらって、分かったんですが、あなたもそのことを、知っていたはずですよ。そんな時、宇垣社長の祖父の故郷の群馬県安中市の市長から、多額の寄付を頼まれてしまった。宇垣社長は、粉飾決算をしている手前、その申し出を、断るわけにもいかず、高額の寄付を約束した。そうなると、その金額をつくるためにウソの誘拐事件をでっち上げなければならない破目になってしまった。その身代金も、約束した寄付と同じ二十億円ということに、したんでしょう？　これで何とか、粉飾決算が、バレずに済む。そういって、宇垣社長は、喜んでいたんじゃありませんか？　それについては、あなたも、秘書の安田さんも、知っていたはずですよ。宇垣社長が、一人だけでやれるようなことじゃありませんからね。あなたたちの協力がなければ、絶対に、できっこありませんよ」

十津川が、いった。

恵は、黙り込んでいる。

十津川が、言葉を続けた。

「警察としては、あなたが、亡くなったご主人の宇垣新太郎さんと共謀して、誘拐事件を、でっち上げたと考えています。それに秘書の安田さんも一枚嚙んでいるに、違いない。あなたが、正直に話してくださらなくても、われわれは、逮捕せざるを得ません。ほかに、あなたには、殺人事件の容疑も、かかっているんですよ」

「警察は、私が、夫を殺したとおっしゃるのですか？」

「宇垣新太郎さんは、朝の散歩の途中で、何者かに、殺されました。その犯人は、恵さん、おそらく、あなただろうと、われわれは、見ているんです。ですから、誘拐の偽装と、殺人の二件の容疑で、あなたを逮捕します。あなたが、そのどちらにも、関係していなければ、もし、真犯人を、ご存じなら、正直にいってください。今なら、まだ、間に合いますよ」

と、十津川が、いった。

十津川が、話している間、恵は、じっと黙っていた。

時間だけが、経っていく。

玄関の方で音がして、安田秘書が戻ってきた。

安田は、恵に向かって、

「全てすみました」

と、いった。とたんに、恵の顔が、明るくなった。

「刑事さんのいったことは、よく考えてみますから、今日はお帰りになってくれませんか?」

と恵が、いう。

十津川が、笑った。

「何か、いいことがあったみたいですね？」

「何のことでしょうか？」

「秘書の安田さんは、どうですか？　お二人に、何かいいことがあったんでしょう？」

「私にも、刑事さんが、何のことを、いっているのか、わかりません」

「そうですか？」

十津川は、携帯で西本刑事に電話した。

「どうだ？」

「警部の予想された通りです。安田秘書は、K銀行に行き、全額を、スイス銀行東京支店の林恵名義の口座に振り込んでいます。林というのは、恵さんが、宇垣さんと結婚する前の旧姓です。K銀行の話では、これで宇垣電子の預金も、宇垣新太郎の個人口座の預金も、全て引き出されたそうで、その額は三百億近いそうです。これで、恵さんは、この日本には、何の未練もなくなったんじゃありませんかね」

と、西本は、いった。

携帯を切ると、十津川は、二人に眼をやった。

「実は、お二人のどちらかが、急いで外出したら、尾行して、何をするかを確認するように、刑事たちに、指示しておいたんですよ」

「――――」

「午後三時に近くなったので、銀行が閉まらないうちに、お二人のどちらかが、出かけるだろうと思っていたんですよ。案の定、安田秘書が、あわてて出て行った。尾行した刑事に聞くと、取引銀行のK銀行に行き、預金を全て下ろして、スイス銀行の口座に振り込んだそうじゃありませんか。その口座名は林恵、奥さんの旧姓ですね。世間に向けては、奥さんが新社長になり、宇垣さんの残した宇垣電子を続けていく。そう明言しておいて、ご本人は、安田秘書と、スイスに逃げて、向こうで、ぜいたくに過ごすつもりのようですね」

十津川の言葉につれて、二人の顔が青ざめていった。

「今も宣告したように、お二人を逮捕します。あと、二、三日すれば、いやでも、真相が、明らかになって、宇垣電子の株は、紙屑同然になります。お二人は、その前に、現金をスイス銀行にかくしてしまうつもりだったらしいが、私が、それを、許しませんよ。お二人を、逮捕します」

十津川は、硬い表情になって、二人に、いった。

「逮捕状はあるんですか?」

と、安田が、きく。

「現行犯なら、令状がなくても逮捕できるのですよ」

「現行犯だって? 私たちが、あんたの眼の前で、殺人をやったというんですか? サギを働いたとでもいうんですか?」

安田が、抗議する。

負けずに、恵が、

「私が、主人を殺した証拠を見せてごらんなさいな」

と、口をとがらせた。

また、十津川が、笑って、

「安田秘書がというより、お二人が、というべきでしょうね。何百億円もの大金を、宇垣新太郎の名義から、林恵名義の口座に、K銀行の支店長の眼の前で、移したんですよ。他人名義の口座にね」

「他人名義じゃありません。私の名義です」

と、恵が叫ぶ。

「まだ正式に、林恵に戻っていないでしょう？　それどころか、世間に向けて、宇垣恵新社長として、会社を育てていくと発表しているんですよ」

「そんなこと、ただ発表しただけです。それより、弁護士を呼びたい。安田さん、お願い」

と、いう。

十津川は、急に、相手の言葉を制して、

「それでは、これから捜査本部に戻って、お二人の逮捕状を請求して、またここに戻ってきます。それまでに覚悟を決めておいてください」

十津川は、亀井刑事をうながして、立ち上がった。

5

宇垣邸を出たところで、亀井刑事が、十津川に、

「警部、これから捜査本部に戻っても、あの二人に対する逮捕状がすぐ取れるとは思え

ませんよ。今のところ、物的な証拠は何もないし、誘拐事件が芝居だったことも、宇垣社長殺しについても、自供したわけじゃありませんから」

「今の状況では簡単に逮捕状が出ないことは、よく分かっているよ、カメさん。でもね、その点は、私なりに考えて、手を打ったんだよ」

と、十津川が、いった。

二人はパトカーに乗り、亀井の運転で走り出した。が、すぐ、

「カメさん、停めてくれ。すぐ宇垣邸に戻るんだ」

と、十津川が、いった。

驚いたような表情で、亀井が、

「いったい、どうしたんですか?」

「実はね、カメさん。私は、座っていたソファの下に、自分の携帯電話を、スイッチを入れたまま、忘れてしまったんだ。あの携帯には、録音機能がついているんだ。私の想像が当たっていれば、あの二人は、私たちが帰った後、これからどうしたらいいかを、必死になって、相談したと思っている。私たちが、宇垣邸を出てから、すでに五分以上が、経っているからもうそろそろ、いい頃だ」

十津川が、自分の腕時計を見ながら、いった。

捜査本部に、帰ったはずの十津川たちが戻っていくと、恵も安田秘書も狼狽の表情で、二人の刑事を、迎えた。

「どうしました？　何か忘れ物でもされましたか？」

と、安田秘書が、いう。

そういう安田も、恵も、青白い顔になっている。

十津川は、勝手に、ソファに腰を下ろしてから、二人に向かって、

「どうです？　本当のことを話す気になりましたか？」

「私は、さっきから、ずっと本当のことを、お話ししていますよ。誘拐事件が芝居だったなんて、全く、知りませんでしたし、見知らぬ男が、私を、本当に誘拐し、睡眠薬で眠らせたんです。怖い目に、遭っているんですよ。それから、ウチの会社が二年間も粉飾決算をしていたなんてことも、全く知りませんでした。初めて知りました。そういう話を、主人は、一度もしてくれませんでしたから」

と、恵が、いい、安田秘書も、

「私も、あの誘拐事件が、全くの芝居だったなんて、刑事さんから聞くまで、知りませ

んでしたよ。粉飾決算の件だって、ウチの社長は、昔から、何かにつけてワンマンな人で、秘書の私には、何の相談もしてくれたことはありませんでした。私は、本当に、何も知らないんです」

十津川は、やおら、ソファの下から、自分の携帯を取り出して、

「ああ、ありましたよ。やっぱり、ここに忘れて、いったんだ」

ヘタな芝居をしてから、携帯をテーブルの上に置き、

「最近の携帯はすごいですよね。こんな小さいのに、この中に、いろいろな便利な機能が、ついているんですよ。その一つに、録音機能があって、このスイッチを押すと、五、六分間は、録音してくれるんですよ」

十津川は、しゃべりながら、再生スイッチを押した。

途端に、恵と安田の、いい合う声が、携帯から、飛び出した。

6

「ねえ、私たち、これからどうしたらいいの？　かなりまずいことになってきたわよ」

「大丈夫だ。慌てることはない」

「どうして大丈夫なの？　私たちがやったこと、あの刑事は、全部、分かっているわよ。まずいわよ。預金のことだって、分かっちゃったし」

「あの刑事の単なる脅しだよ。俺たちが、やったという証拠は、何も持っていないんだ。だから、早々に、引き揚げていったんだよ。慌てることはない。どんなことをいわれたって、落ち着いて、どっしり、構えていればいいんだ。今ここで、慌ててバタバタ動いたら、かえって、警察の思うツボだぞ」

「でも、あの誘拐事件が、芝居だということも知っていたし、主人が、会社の経営に行き詰まった時、秘書のあなたに、相談して、二年間も粉飾決算をしていたことも、あの刑事は、知っていたわ」

「それは全部、死んだ社長のせいにしてしまえば、いいんだよ。社長の一存でやっていて、俺たちは、何も知らなかった、聞かされていなかったと、主張すればいい。誘拐事件が自作自演だったことも、会社の粉飾決算も、全て、死んだ社長が、一人でやったこと。全て、前社長の責任なんだ。俺たちは、何も、知らなかったといい張っていればいい。とにかく、もう少しの辛抱だ。そして、スイスへ逃げるんだ」

「でも、主人を殺して、私が、新社長になって、あなたが、私の秘書になった。もし、二人の関係が刑事たちにバレてしまったら、どうするのよ？　社長殺しの容疑で、間違いなく逮捕されるわよ」

「いや、大丈夫だ」

「どうして？」

「それだって、何の証拠もない。だから、社長殺しについても、何も知らないと、いい張っていればいいんだ。そのうちに、警察も諦めて、迷宮入りになるさ」

「でも、このままだと、ずっと疑われ続けるわ」

「だから、時期を選んで、スイスに逃げるんだ。それまでは、あくまでも、あんたの秘書として仕える。あんたは、新社長だから、ワンマンぶりを発揮して、秘書の俺にあれこれ好き勝手にいいつけていればいい。その結果、二人の仲が、ギクシャクして、どうやら、うまくいっていないらしい、そういう雰囲気やウワサが生まれれば、前社長が、殺されたことなんて、誰も自然に、忘れてしまうはずだ」

「そうだといいんだけど」

「とにかく、落ち着くんだ。そうすれば大丈夫だ」

7

十津川は、携帯の再生を停めた。

「もう一度、聞いてみますか？」

十津川は、意地悪く二人の顔を見た。

恵は、黙っている。

しかし、安田は、

「全て、あの安中市長が、悪いんだ。全部、あの市長のせいなんだ」

大声を出した。

「君がいいたいのは、安中市長による寄付問題のことだね？」

十津川が、きく。

「そうですよ。突然、あんなことが、起きるなんて、誰も思っていなかったんですよ。

それまでは、全てが、うまくいっていたんですよ。会社の粉飾決算だって、国税は全く、
気がついていなかったし、株価だって高くなっていたし、銀行も、今まで通り、いくら

でも、こちらの希望する金額を融資してくれていたんですよ。それなのに――」

「それなのに、安中市長から、寄付を頼まれてからおかしくなった？」

「そうです。私は、宇垣家が、群馬県の安中市の出だということは、前々から、知っていましたけどね、まさか、こんなことになってしまうなんて、夢にも思っていませんでしたよ。何回も、しつこくいいますがね、それまでは、何もかも、万事がうまくいっていたんですよ。ところが、安中の市長が、市の財政状態が、よくないからといって、安中出身の成功者を集めて、寄付を募ったんです。全ては、あれが、いけなかったんです。つまずきの第一歩ですよ」

安田が、忌々しそうな顔で、いった。

「つまり、全ての事件の発端が、安中市長からの、寄付の要請だと君は認めるんだね？」

「そうですよ。たまたま、ウチの宇垣社長と横浜の小柴商会の小柴社長、それに松江の池内観光の池内社長が、同じように、粉飾決算をしていて、その上、安中に縁があった。安中市長から、三人に高額の寄付が要請されて、こんなことになるなんて、誰も思ってなんか、いませんでしたよ。だから、あの安中市長が、安中の出身者、特に、成功を収めている三人に多額の寄付を頼まなければ、こんなことには、ならなかったんです」

「全てが、うまくいっていたと、今、君は、いったが、その中には、君と宇垣社長夫人との関係も、入っているのかね？」

十津川が、意地悪く、きいた。

「それこそデタラメですよ。全くの、事実無根です」

と、恵は、即座に否定したが、安田は、

「たしかに、刑事さんのいう通りです。俺と奥さんとの仲も、うまくいっていたんです。奥さんは、年寄りで、ワンマンの社長より俺とつき合う方が、楽しかったんですよ」

「そういう君だって、もちろん、楽しかったんだろう？」

「そうですね、楽しかったかどうかといわれれば、たしかに、俺も楽しかったんでしょうね」

安田が、小さく笑って、他人事のように、いった。

「そうか、君には、恵さんだけじゃなく、宇垣電子が手に入る期待もあったんだ。もちろん、それは、宇垣社長が死ねばの話だがね。そうなんだろう」

「もちろん、その期待もありましたよ」

「ここまで来たら、全て、しゃべってしまったらどうだ？」

十津川が、うながすと、安田は、更に饒舌になって、

「あの頃の俺は、短大を出たばかりの若い女と付き合っていたんです。いい女だったけど、そんな時に、社長夫人の恵さんが、時々、俺を誘うようになってきたんですよ。たぶん、若い奥さんは、経済的には、恵まれていたが、精神的には、六十歳の宇垣社長に、何か物足りないものを、感じていたんでしょうね。俺はいろいろと考えて、うまくいけば、社長夫人も、宇垣電子という会社も、両方とも、自分のものにできるかもしれない。そう計算して、二十歳の女とは、別れることにしたんです」

「バカよ、あんたは、何てバカなことをいっているのよ！」

恵が、甲高い声で、叫んだ。

そんな恵に対して、安田は、

「いいから、あんたは、黙っていてくれないか。あんたが、宇垣社長を殺したなんて、俺は、いわないから安心しろ。ああ、そうだ。俺が宇垣社長を殺したんだ。あんたとの関係が、深くなっていくうちに、俺には、宇垣社長の存在が、だんだん小うるさくなってきてね。一刻も早く始末して、宇垣電子を手に入れようとした。そうですよ、警部さ

ん、俺が、宇垣社長を殺したんだ。彼女と一刻も早く、一緒に、なりたかったからじゃありませんよ。一刻も早く、宇垣電子という会社を、自分のものにしたかったからですよ。それが、殺人の理由です」

と、いった。

8

そのあと、横浜の小柴商会の小柴社長も、松江の池内観光の池内社長も、いい合わせたように、自供を始めた。

この二社とも、宇垣電子と同じように粉飾決算をして、銀行からの融資を受けて、うまくいっていたのに、群馬県の、安中市の市長から寄付を、要請されておかしくなってしまった。

仕方なく、金の辻褄を、合わせようとして、誘拐事件を計画した。

新聞やテレビ、雑誌が面白おかしく、この事件のことをとりあげた。

三人が、いい合わせたように、粉飾決算をしていて、それが、うまくいっていたのに、たまたま三人が、群馬県安中市に縁があったために寄付を頼まれ、その結果、三人で相談した上で、それぞれの誘拐事件を、でっち上げてしまったのである。

ウソの誘拐事件を計画し、実行したことが、どのくらいの罪になるのか、十津川には分からない。

ただ、東京の場合、ウソの誘拐事件では、起訴されず、宇垣恵と安田は、殺人罪で起訴された。

こちらのほうは、どのくらいの、罪になるのか、十津川にも、分かっていた。

この作品はフィクションであり、実在の個人・団体・
事件などとは、いっさい関係ありません。（編集部）

二〇一三年十月　講談社ノベルス刊
二〇一六年十月　講談社文庫刊

光文社文庫

長編推理小説
十津川警部　長野新幹線の奇妙な犯罪
著　者　西村京太郎

2023年9月20日　初版1刷発行

発行者　三　宅　貴　久
印　刷　堀　内　印　刷
製　本　ナショナル製本

発行所　株式会社　光　文　社
〒112-8011　東京都文京区音羽1-16-6
電話（03）5395-8147　編　集　部
8116　書籍販売部
8125　業　務　部

ISBN978-4-334-10034-6　Printed in Japan

組版　萩原印刷